भूख

राधाकृष्ण प्रकाशन से महाश्वेता देवी की अन्य कृतियाँ

टेरोडैक्टिल, जंगल के दावेदार, घहराती घटाएँ, नील छवि, 1084वें की माँ,
ईंट के ऊपर ईंट, दौलति, शालगिरह की पुकार पर, मूर्ति,
भटकाव, श्री श्रीगणेश महिमा, अक्लांत कौरव,
अग्निगर्भ, चोट्टिमुंडा और उसका तीर,
भारत में बँधुआ मजदूर,
ग्राम बांग्ला

महाश्वेता देवी

अनुवाद

दिलीपकुमार बनर्जी

ISBN : 978-81-7119-420-9

भूख (उपन्यास)

पहला संस्करण : 1998
चौथा संस्करण : 2026

मूल्य : ₹495

प्रकाशक
राधाकृष्ण प्रकाशन प्राइवेट लिमिटेड
जी-17, जगतपुरी, दिल्ली-110 051
शाखाएँ : अशोक राजपथ, साइंस कॉलेज के सामने, पटना-800 006
पहली मंजिल, दरबारी बिल्डिंग, महात्मा गांधी मार्ग, प्रयागराज-211 001
1, अनमोल सोराबजी संतुक लेन, धोबी तलाव, मरीन लाइंस, मुम्बई-400 002
वेबसाइट : www.radhakrishnaprakashan.com
ई-मेल : info@radhakrishnaprakashan.com

मुद्रक
बी.के. ऑफसेट
शाहदरा, दिल्ली-110 032

BHOOKH
Novel by Mahashweta Devi
Translated by Dilipkumar Banerji

बहुत दिनों के बाद कुँवर के मन में शिकार करने की पुरानी चाह फिर से जाग उठी। काफी अर्से से शिकार नहीं किया था, इसीलिए शायद उन्होंने सपने में कुनारी भुँइन को देखा। बीस साल पहले की सारी घटनाएँ एकबारगी सपने में कौंध उठीं। पिछले कुछ दिनों से ही रक्त में जोश बढ़ रहा था, देह उदास लग रही थी। क्या इसीलिए उन्होंने सपना देखा ?

सपने में वे ठीक बीस साल पहले के कुँवर थे। उम्र वही, पैंतालीस ही थी। नियमित व्यायाम, घुड़सवारी, शिकार और मालिश-मर्दन से शरीर जितना सतेज, तंदुरुस्त और मांसल था, देह के रक्त मांस में भी उतनी ही तेज भूख रहती थी। सपने में उन्होंने देखा, अपराह्न और साँझ की संधि वेला में वे शिकार के लिए निकले हैं। अपने शिकार को उन्होंने पहले ही देख रखा था। महुआ बीनने का मौसम था वह। जंगल पहुँचते ही जानवर मिलते। भालू आते, हिरण आते। किंतु जानवरों के आखेट में आख़िर मजा ही कितना था ? कुँवर के पिता, भूतपूर्व कुँवर, शिकार का मतलब केवल जानवर ही समझते थे। इसीलिए कुँवर महल के हॉल में अब भी कुछ बाघ की खाल, शेर व भालू के माउंट किए हुए सिर, और हर सोफे के सामने के फ़र्श पर चीते की खाल बिछी हुई दिखती है।

उनके स्वर्गवासी पिता एक पत्नी-व्रत थे। इसी से कुँवर की किस्मत का सितारा बुलंद था। क्योंकि वे इकलौते बेटे थे, पाँच बहनों के एक ही भाई। लारातु के कुँवर पद में उनका कोई साझेदार नहीं था। पिता ने एकाधिक पत्नियों के गर्भ से एकाधिक पुत्र पैदा किए होते तो अठारह हजार बीघे की जमींदारी लारातु का बँटवारा हो गया होता। मामला-मुकदमा लगा

रहता। बीस साल पहले भी वहाँ हजार बीघे पर जंगल था।

सपने में उन्होंने देखा, जंगल के रास्ते वे कुनारी भुँइन का पीछा कर रहे हैं। एक दिन पहले ही उन्होंने पति-पत्नी को महुआ बीनते देखा था। कुनारी की पीठ पर एक बच्चा टँगा हुआ था। वह महुआ बीन रही थी, खा रही थी, हँस रही थी। कुनारी के बाल रूखे थे, शरीर में चिकनाई थी और जवानी तो बस जवानी ही थी। उनके घर की किसी स्त्री या पत्नी में वैसा यौवन नहीं दिखता। उसके पति का चेहरा भी देखने लायक था।

पिछले दिन ही उन्हें देखा था। वे खेड़ा गाँव के नागेसियाओं के साथ आए थे। सब इकट्ठे बैठे थे। कुनारी पर आँखें टिकाकर कुँवर ने पूछा था, "महुआ बटोर रही है ?" सब सम्भ्रम के साथ उठकर खड़े हो गए थे।

"हाँ मालिक परवर !"

—"पोरमिट लिया है ?"

—"लिया है मालिक !"

—"इन लोगों के साथ आई है ?"

—"ये लोग आए, इसीलिए चली आई।"

—"अच्छा, ठीक है, ठीक है !"

साल भर जंगल उनके अकेले का है। महुआ के मौसम में सब कोई महुआ बीन सकते हैं। यह विक्रमशाही नियम है। कुँवर ही नहीं, पलामौ जिले में राजा-जमींदार सभी राजपूत थे। और पलामौ के राजपूत आज भी विक्रमशाही नियम और विक्रम संवत् मानते हैं।

—"तो यहीं पर बीनेगी ? शिकारखाने के उधर तो बहुत बड़े-बड़े महुआ के पेड़ हैं।"

—"डर लगता है मालिक !"

—"काहे का डर ? बाघ का ? बाघ तो पिंजड़े में कैद रहता है, है कि नहीं ?"

कुँवर सरपट घोड़ा दौड़ाते हुए आगे बढ़ जाते हैं। शिकारखाना उनको बहुत प्रिय है। वहाँ एक भी जानवर पालतू नहीं। छोटी झील, जंगल, समूचा घिरा हुआ है बहुत ऊँचे-ऊँचे मोटे लोहे के छड़ और जाल से। छड़ का शीर्ष अंदर की ओर मुड़ा हुआ, बहुत तीक्ष्ण। कोई जानवर घेरा लाँघकर भागने

की कोशिश करे तो छड़ के नुकीले सिरे में बिंधकर ही दम तोड़ दे। जंगली आक्रोश लिए जब जंगली तेंदुए घूमते हैं तब वाच-टॉवर से उन्हें देखना कुँवर को भाता है। मांस नहीं, जाल में फँसाकर ताजा हिरण या जीवित बकरा उन्हें खिलाते हैं कुँवर। घने जंगल में शिकारखाना होने की और भी सुविधाएँ हैं।

सपने में देखा, कुनारी भुँइन पेड़ों के बीच में से आड़े-तिरछे भाग रही है। वे करीब, और करीब पहुँचते जा रहे हैं। अंत में कुनारी ठोकर खाकर गिर पड़ी। कुँवर घोड़े से उतरे।

उन्होंने अपना हाथ देखा।

हाँ, कुनारी की पीठ की पोटली उन्होंने खींचकर फेंक दी थी। फिर उतार लिए थे उसके कपड़े। इसके बाद कुनारी ने उनकी हथेली में दाँत गड़ा दिए थे।

हाथ की यंत्रणा से ही कुँवर की नींद उचट गई। आश्चर्य, सपना उन पर इस तरह हावी था कि उन्होंने चौंककर बाईं हथेली उठाकर देखी।

अब भी उसमें हलका दाग है। उनके चिकित्सक-भांजे ने कई बार कहा था, ''प्लास्टिक सर्जरी द्वारा उस दाग को मिटाया जा सकता है।''

कुँवर ने कहा था, ''नहीं, नहीं, रहने दो। यह शिकार की निशानी है। मादा जानवर थी, साथ में बच्चा भी ! वह क्यों छोड़ती ? मरते-मरते भी अपने नाखून के चिह्न छोड़ ही गई।''

भांजे की बातें उन्हें नहीं जँची थीं। उन्होंने कहा था, ''दिल्ली में थे, अब विदेश जा रहे हो। मैं राजपूत हूँ, अपने खून का यह गौरव भी तुम भूल गए। शादी भी की, तो वह भी अपनी जाति में नहीं। तुम्हारे पिता...''

भांजे ने उत्तर दिया था, ''देश में रहूँगा तो मैं भी पिता जैसा, मामा जैसा बन जाऊँगा, वही तो डर है मुझे !''

—''तुम्हारे पिता, मामा बुरे व्यक्ति हैं ?''

—''नहीं, नहीं, आप लोग तो प्रणम्य हैं, मैं ही आप लोगों के योग्य नहीं बन सका। आप मादा जानवर मारते थे ?''

—''मादा जानवर मारने में ही तो मज़ा है !''

हाँ, मज़ा तो आया ही था। उसके बाद भी कुनारी ने उन्हें काटने-

खरोंचने की कोशिश की थी, तभी तो उसके गले में पाँव धरना पड़ा था।

उस दिन शिकारखाने में अच्छा मांस दिया जा सका था। कुनारी और उसके बच्चे का।

उसके बाद जो-जो हुआ, वह कुँवर कभी भूल नहीं सकते। अब भी सोचते हैं तो दिमाग में आग लग जाती है।

सुबह कुछ ही देर तक कुँवर ने यह सब सोचा। फिर सोचा, उनका बेटा आदमी नहीं बना। जमीन बाप की नहीं, ताव की होती है। यह ताव या डपट जमींदारी की ताव होनी चाहिए थी। पर ऐसा हुआ कहाँ ? सोचते हैं तो दिल में शोले भड़क उठते हैं। बेटा सिर्फ़ व्यवसाय समझता है। 'व्यवसाय' शब्द से ही कुँवर को नफ़रत है, किंतु समय की हवा को वे कैसे रोकें ?

वे बाहर के कमरे में पहुँचे।

बाहर के हॉल का चेहरा बहुत बुरा हो गया था। काँच के केस में सुरक्षित रखे पुआल के स्टॉकिंग में बाघ, भालू, बारहसिंगा हिरण के सिर, चितेरा बाज, सब कुछ बेटे ने बेच दिया था।

– बेचा भी तो किसे ? अपने किसी पटना निवासी मित्र को। माँ से बोला था, "यह सब जमाकर रखने से क्या फ़ायदा ? विदेश में इनकी कीमत क्या है, मालूम है ? हमारे घर के बर्तन-वर्तन, असबाब, सब मैं बेच दूंगा। विदेश में ही क्यों, अपने देश में भी पुरानी चीज़ें बहुत महँगी बिकती हैं। इस तरह का हाथी जैसा मकान रखकर क्या होगा ? मॉडर्न घर बनाऊँगा। सिनेमा में जैसा देखती हो।"

कुँवर की पत्नी भी रामगढ़ के राजवंश की कन्या हैं। उनके भाई लोग आर्मी के अफ़सर हैं, राँची में कारखाने के मालिक हैं। पति विक्रम संवत् में पड़े रहें, यह पत्नी को पसंद नहीं।

बड़ा बेटा उनके जैसा था। किंतु वह तो दस साल की उम्र में ही चल बसा। यह बेटा तो माँ पर गया है, वैसा ही स्वभाव, आचरण। समय भी बदल गया है। नहीं तो कुँवर ने क्या कभी सोचा था कि उनकी बेटियाँ डालटनगंज के स्कूल-कॉलेजों में पढ़ने जाएँगी ? कुनारी की घटना के बाद से बहुत कुछ घट गया था, जिससे कुँवर को कुछ समय के लिए मजबूर होकर चुप्पी साधनी

पड़ी थी।

असल में कुनारी के मामले में किसी तरह की चिल्ल-पों मचेगी, यह उन्होंने सोचा भी नहीं था। कुनारी पहली युवती तो थी नहीं जिसे कुँवर उठा ले गए थे। उनके क्रोध का शिकार बनकर और भी लोग तो शिकारखानों में गुम हो चुके थे, इसे लेकर कब किसने चूँ-चपड़ की ?

कुनारी के पति विशाल भुँइया के बारे में कुँवर ने सोचा भी नहीं था। खेड़ा गाँव से महुआ बीनने के लिए आनेवाले ऐसे किसी युवक के बारे में कुँवर सोचते भी क्यों ? और यह भी सच है कि अगले ही दिन जंगल बिलकुल जनशून्य हो गया था। महुआ बीननेवाले भाग गए थे; जहाँ-तहाँ उनकी टोकरियाँ पड़ी हुई थीं, महुआ बिखरे हुए थे।

कुँवर ने तहसीलदार को बुलवाया था। महत्त्वपूर्ण ओहदों पर अपने सगे-संबंधी और बिरादरी के लोगों को रखना ही वे उचित मानते थे। तहसीलदार का काम तहसीलदारी था तो नाम भी था तहसीलदार सिंह। कुँवर की कचहरी और दूसरे कामों में तहसीलदार बहुत विश्वसनीय था। पिता के जमाने में तहसीलदार के पिता तहसीलदार थे, पितामह के जमाने में तहसीलदार के पितामह। तीन पुरखों के नमक के बंधन पर विश्वास का यह बंधन टिका था। कुँवर ने उससे पूछा, "क्या हुआ तहसीलदार ? जानवर महुआ चर रहे हैं, आदमी सब भाग गए ?"

तहसीलदार चुप रहा।

—"चुप क्यों हो ?"

—"कहिए, क्या करना है ?"

खेड़ा और उसके आसपास के गाँव कुँवर के गुलामों के गाँव हैं। जिसके पास अठारह हजार बीघा जमीन हो, उसे खेत जोतने के लिए हजारों दास तो चाहिए ही। सौभाग्य से पलामौ जिले में 'बँधुआ-मजूर' प्रथा दीर्घकाल से चली आ रही है। भूमि-मालिक विपन्न ग्रामीणों को सामान्य रुपए कर्ज़ पर देता था। कर्ज़ लेनेवाला किसी विपदा में पड़कर ही ऋण लेता। उसी के बाद शुरू होती मालिक के घर और खेतों में उसकी सुबह से शाम तक की बेगारी। उसके मन में यह उम्मीद बनी रहती कि सामान्य जलपान और थोड़े से धान या मकई के बदले में उसने जो इतने बरस तक मेहनत की, उससे

उसने कर्ज़ पटा दिया होगा।

किंतु उसके लिए तो काला अक्षर भैंस बराबर है। मालिक के बही-खाते में क्या लिखा है, यह वह समझ नहीं पाता। मालिक का तहसीलदार बही खोलकर बताता कि बीस साल पहले उसने जो बीस रुपए कर्ज़ लिए थे, वह चक्रवृद्धि ब्याज की दर से बढ़ते-बढ़ते अब ढाई हजार रुपए हो गए हैं।

—"यह कितना होता है हुजूर ? बीस के हिसाब से बताइए। एक बीस, दो बीस ?"

—"एक सौ पच्चीस बीस ! समझा ?"

—"कैसे महाराज ? तो मेरी छुट्टी नहीं होगी ?"

—"छुट्टी ?"

हा-हा करके तहसीलदार हँसता। कचहरी के सभी लोग हा-हा करके हँस पड़ते। कोरे कागज पर अँगूठा लगाकर मालिक से एक बार उधार लेने के बाद कोई गरीब भुंइया—दुसाद चमार—रविदास—गंजू—ओराँव—नागेसिया—खरोयार कभी मुक्त हो सकता है ?

हँसी रोककर सदय करुणा से तहसीलदार कहता, "नहीं, नहीं, इस पर हँसना ठीक नहीं। छोटी जात का है, गरीब भी, वह तो हिसाब नहीं ही जानेगा।"

उससे कहता, "तेरा जनम बीत जाएगा, पटा नहीं पाएगा। तेरे बेटे के समय यह रकम बढ़कर जाने कहाँ पहुँच जाए। कई जनम बीत जाएँगे रे।"

उस व्यक्ति की कँपकँपी छूट जाती।

पलामौ में, इस मामूली कर्ज़ के चलते, न जाने कितने लोग बँधुआ-मजदूर बने हुए हैं। इसका कोई सटीक हिसाब नहीं मिल पाता। इन दास-मजूरों के विविध नाम हैं पलामौ में—सेवकिया, कमिया, हरवाहा, चरवाहा आदि।

कुँवरों ने पीढ़ी दर पीढ़ी से इन्हें दास बना रखा है। किंतु महुआ बीनने के मौसम में वे भी आते, महुआ ले जाते। साल में सात दिन वे महुआ बीनते।

कुँवर ने तहसीलदार से पूछा, "खेड़ा गाँव के लोग ही चले गए ?"

तहसीलदार चुप रहा।

—"ख़बर भेजो, ख़बर भेजो। महुआ उठाकर फिर जाएँ।"

तहसीलदार ने उसाँस लेकर कहा, "वही विशाल भुँइया !"

—"कौन ? कौन विशाल भुँइया ?"

—"बीवी-बच्चा लेकर महुआ बीनने आया था।"

—"खेड़ा से ?"

—"खेड़ा से।"

—"तो क्या हुआ ?"

—"विशाल तो गाँव में नहीं रहता। डालटनगंज में रामाश्रय प्रसाद के बगीचे में काम करता है। गाँव वह कुछ दिनों के लिए आया था। शिकारखाने का बरजू, विशाल का मामा लगता है।"

—"इससे क्या ?"

—"बरजू भी चला गया।"

—"चला गया ?"

कुँवर के शिकारखाने के शेरों के भोजन का इंतज़ाम करता था ब जू। उस दिन भी बरजू अपने कोठे में था जब कुँवर कुनारी के संग शिकार खेल रहे थे।

—"बरजू चला गया ?"

—"हाँ हुजूर।"

कुँवर ने कहा था, "मेरा शेर भूखा नहीं रहेगा। आदमी भेजो, बरजू और विशाल को पकड़कर ले आओ।"

बीस साल पहले की घटना है, किंतु कुँवर को सब याद है। उनकी अपनी जाति के चुनिंदे छोकरे उनके सिपाही थे। खुद की सेना न रखते तो वे अपने खेत और जंगल की रक्षा कैसे करते ? कैसे बचाते महुआ-बीड़ीपत्ता-लाख का कारोबार ? कैसे दबाकर रखते अपने दास-मजूरों को ?

बरजू और विशाल गाँव में नहीं मिले। कम ऊँचाई के एक टीले पर नागेसियाओं का यह गाँव बसा है। किसी प्राचीन युग में बाहरी लोगों ने नागेसियाओं पर हमला किया था। तब नागेसियाओं ने पहाड़ी के ऊपर गाँव बसाया ताकि यह निगरानी रख सकें कि हमलावर किधर से आ रहे हैं। अब

भी वे घर बनाने के लिए टीला या डुँगरी ढूँढ़ते हैं।

टीले के नीचे भुँइयाओं का एक ही घर है। वह घर बरजू का है। वह बहुत कम गाँव में आता। नागेसियाओं ने कहा, विशाल अपनी बीवी को लेकर आया था, कुछ दिन था। उस घर के बगल से होकर ही नागेसियाओं को अपने गाँव में चढ़ना पड़ता था। उन लोगों ने कुनारी को बड़ा टोली के पंचायती कुएँ से पानी लेते भी देखा था।

—"बरजू को देखा ?"

—"नहीं तो। वह तो हम लोगों से बातें ही नहीं करता, और गमछे से सिर ढाँपकर बाघ की बोली बोलता है, हम लोग बहुत डर जाते हैं।"

—"विशाल लोग कहाँ गए ?"

—"पता नहीं मालिक।"

—"तू लोग महुआ बीनते-बीनते अचानक लौट क्यों आया ?"

—"गनो नागेसिया की बेटी के पेट में दर्द उठा, बच्चा हुआ। इससे पहान बोला, पेड़ की पूजा करके हम लोग महुआ बीनते हैं, उसमें जन्माशौच लग गया, इसलिए अब नहीं रह सकते। तभी हम लौट आए मालिक। इस बार महुआ बीनना बरबाद हो गया।"

—"विशाल लोग कहाँ गए ?"

—"क्यों, घर में नहीं हैं ?"

—"तू लोग जा कहाँ रहा है ?"

—"खेत में काम करने हुजूर।"

—"महुआ बीनकर कचहरी में पहुँचाना होगा।"

—"हम लोग अशौच में हैं, पेड़ का नुकसान हो जाएगा मालिक !"

अश्वारोही मालिकों ने एक-दूसरे का मुँह ताका। जो लोग जनम-जनम से कुँवरों के दास हैं, वे झूठ नहीं बोलेंगे।

अश्वारोही लौट गए।

गनो नागेसिया ने आहिस्ता से कहा, "बरजू ! घर से मत निकलना। और साँझ होते ही चले जाना टाउन में। यहाँ तू लोगों को बचा पाने का कोई

उपाय नहीं है हमारे पास। घर से एक बार भी बाहर मत निकलना। पिशाब लगने पर भी नहीं।''

नागेसिया के घर में दिन-रात घुप्प अँधेरा रहता है। अँधेरे में से बरजू बोला, "तू लोग भी चल। रात में भाग चल। विशाल तो शोर मचाएगा, तब तू लोग जी पाएगा ?"

—''बस्ती में हमें कौन सहारा देगा ?"

—''कब किसने किस भुँइया, किस नागेसिया को सहारा दिया है, जो आज सहारा देगा ? टाउन में लाइन के किनारे के बरबाद रेल गोदाम में रह जाना। रामाश्रय जी रेलगाड़ी में बिठा देंगे। गोमो चले जाना।''

—''वहाँ खाएँगे क्या ?''

—''यहाँ क्या खाता है ?''

गनो की निगाहें नीचे की रबी-फसल की हरियाली पर टिक गईं। वे सभी खेत नागेसियाओं के थे, कुँवर वंश ने कब्जा कर लिया। अब उन्हीं खेतों में इन्हें बेगारी करनी पड़ती थी।

बरजू बोला, ''गोमो में रेलवे में बहुत काम चल रहा है। रामाश्रय जी तुझे चिट्ठी लिख देंगे। लेबर-ठेकेदार तू लोगों को काम पर ले लेगा। यहाँ रहेगा तो कुँवर खेड़ा को भी झुझार बना देगा।''

कुँवर के पितामह, तत्कालीन कुँवर ने, झुझार गाँव के महतो, नागेसिया और गंजुओं के घर जलाकर और गाँववालों का क़त्ल करके लाश हटा दी थीं और फिर झुझार पर कब्जा कर लिया था। झुझार या खेड़ा अब लारातु का बढ़ाया हुआ मौजा है, भूमि-रिकॉर्ड में भी ऐसा ही है।

बरजू बोला, ''हम लोग भी तो वहीं जाएँगे। वहाँ एक नया खेड़ा बना लेंगे।''

गनो उसाँस छोड़ बोला, "तूने मालिक के शिकारखाने के लिए बहुत हिरण पकड़ा, हमें भी खिलाया। तू जो कहता है सिर आँखों पर। पहले सब कोई मिलकर मशविरा कर लेंगे।"

—"अब काम पर जा !"

बरजू और विशाल खामोश बैठे थे। बरजू बोला, "पानी रख दिया है, बोरे में महुआ है। अब रात हो तो छुटकारा मिले"

—"तुमने देखा था, कुनारी को और बच्चे को पिंजड़े में लुढ़का दिया ?"

—"मैंने अपने कोठे से देखा। यह काम तो मालिक हमेशा खुद ही करते हैं।"

—"कुनारी...मर चुकी थी ?"

—"हाँ विशाल !"

—"बच्चा ?"

—"दोनों मर चुके थे।"

—"मुझे अगर उसी दिन बताते !"

—"कैसे बताता ? तू तो उसे पुकारता हुआ जंगल में दौड़ रहा था। मैंने ही न तुझे पकड़ा ?"

—"हाँ...पारो नागेसिया पेड़ पर चढ़ गई थी। मालिक के उनको लेकर चले जाने के बाद पारो ने ही आकर कहा था, 'भागो सब, भाग जाओ ! कुँवर कुनारी और बच्चे को मारकर घोड़े पर लाद ले गया।' तब सभी भागे। मैं जंगल में भटक गया था। जितना भी चक्कर लगा रहा था, जंगल से निकल नहीं पा रहा था।"

बरजू आहिस्ता से बोला, "जंगल भी तो तुझे चक्कर लगवा रहा था।"

—"क्यों ?"

—"मेरे पास पहुँचाने के लिए।"

—"तभी अगर तुम बताते !"

—"मुझे क्या पता था, किसकी लाश फेंकी ? तूने कहा, तभी तो जाना !"

—"मुझे मालूम होता...तो कुँवर को..."

बरजू ने गंभीर स्वर में कहा, "कुँवर ने यह काम केवल आज नहीं किया, पहले भी कर चुका है। अब देखना यह है कि वह ऐसा फिर न कर सके ! और यह काम बहुत कठिन है। उस दिन तुम कुँवर का क्या कर लेते ? वह बंदूक उठाकर हमें वहीं ढेर कर देता।"

—"कुनारी के तन पर कपड़े नहीं थे ?"

—"चुप रह विशाल, चुप रह !"

अँधेरे के समान घुल-मिलकर वे दोनों बैठे रहे।

—"नागेसिया लोग भी विपदा में पड़ गए।"

—"चुप रह !"

विशाल फ़र्श पर चेहरा डाले औंधे पड़ा रहा।

आश्चर्य इस बात का है कि कुँवर कुछ समझ नहीं पाए थे। उन्हें कुछ भी भनक नहीं थी कि आगे क्या होनेवाला है। कैसा अपशगुन बनकर आई थी वह छोकरी, कैसा अपशगुन ! बाद में पत्नी ने कहा था, "इन छोटी जात की छोकरियों का लालच भूल जाइए।"

—"कैसे ?"

—"इतनी बदनामी तो उसी से हुई।"

—"भूख लगने पर पेट क्या चाहता है ?"

—"हे ईश्वर ! मुझे भूख कहाँ लगती है ? मुझे भूख तो लगती ही नहीं। टेम-टेम पर जबर्दस्ती खाती हूँ।"

—"अरे बोलो न, भूखा पेट क्या माँगता है ?"

—"खाना।"

—"मुझे खून की भूख लगती है। खून अछूत जंगली औरत माँगता है।"

—"अपनी जाति में शादी कर लीजिए ? नहीं तो..."

—"नहीं तो क्या करूँ ? औरत की इज्जत लूट सकता हूँ, किंतु स्वजाति की औरत की ? छी...छी !"

—"और वे भी कितनी हरामी हैं, न ? इतने मर्दों का संपर्क, कुछ याद नहीं रखतीं ?"

—"जानवर, जानवर हैं सब ! किंतु बरजू अगर मिल जाता..."

बरजू नहीं मिला उन्हें।

बड़ाटोली का महतो गाँव। महतो लोग स्वतंत्रता के बाद वहाँ बसे थे।

वे सरकार को लगान देकर खेतीबारी करते हैं। कुँवर से उनका कुछ भी संबंध नहीं। नागेंसियाओं ने बड़ाटोली के महतो को अपनी बकरियाँ दीं, बदले में कुछ रुपए, बस्ता भर सत्तू और गुड़ ले गए। कह गए, अशौच कट गया है, एक प्रायश्चित्त करना है। सत्तू से ही गाँव-भोजन होगा।

सुबह सूरज चढ़ता गया, पहर बीतते गए, वे काम पर नहीं आए। झुझार, नाढ़ा, कोकार, गाइबानी, चैतपुरा, माकापुरा आदि कुँवर के हर मौजे में जितने भी गाँव थे, वहाँ के लोग कहते थे कि उन्हें कुछ भी नहीं मालूम !

बड़ाटोली का माखन महतो साइकिल पर सवार होकर मास्टरी करने जाता। उसने कहा, ''लेबर-कंट्रैक्टर घूमता रहता है। कहाँ ले गया, कौन जाने !''

—''लेबर-कंट्रैक्टर की इतनी हिम्मत कि मेरे कमिया को फुसला ले ?''

माखन महतो अंग्रेजी जानता था, इसी से वह कुँवर के कुछ काम कर देता। उसने विनय के साथ कहा, ''लेबर-ठेकेदार तो लेबर ढूँढ़ेगा ही।''

—''सरकार ऐसा काम क्यों करने देती है ?''

—''स्वतंत्र देश में बिना ठेकेदार के कौन-सा काम चलता है, आप ही बताएँ ?''

—''कैसी स्वतंत्रता ? मैं तो समझ ही नहीं पाता ! राजपूत ठाकुर लोग हमेशा स्वतंत्र थे, जब जो चाहा वही किया, अब भी कर रहे हैं। आज़ादी तो कमिया के लिए नहीं है ! उसके मालिक ने क्या उसे आज़ादी दी है ?''

माखन महतो कहने को होता है, कमिया भी स्वाधीन हैं। किंतु वह कहता नहीं। कमियौती प्रथा जारी रहते कमिया वाकई स्वतंत्र नहीं हैं।

कुँवर बोले, ''उन सबको मैं जूते के नीचे डालकर जिस तरह धान कूटा जाता है, वैसे ही रौंदूँगा। नहीं तो मुझे शांति नहीं मिलेगी।''

—''क्या !''

—''आप तो टाउन में जाते हैं। जरा आँख-कान खुला रखिएगा तो !''

—''देखिए न क्या होता है ! वे लोग तो देव-देवता, भूत-पिशाच बहुत मानते हैं। शायद किसी कारण से चले गए हैं, फिर लौट आएँगे।''

—''कहाँ गए होंगे ? इतने लोग चले गए, बकरियाँ तक साथ ले गए।

तहसीलदार ! कल थाने में एक खबर दोगे ?...नहीं, रहने दो। मेरे कमिया हैं, मैं खुद ही देखूँगा !"

माखन महतो बोला, "मैं तो टाउन में जाऊँगा, पिताजी के लिए डॉक्टर से दवाई लानी है। मैं वहाँ पता लगाऊँगा।"

—"यही तो आप लोगों का दोष है ! कुर्मी महकमे में अफसर-वफसर बन रहे हैं, पढ़ाई-लिखाई घुस रही है, और आप लोग वैद-हकीम सब बिसुर बैठे हैं। डॉक्टर ! क्या होगा डॉक्टर से ? सरकारी रुपए भी हाथ में खुजली पैदा करते हैं, तभी इन जंगली इलाकों में अस्पताल बनाना चाहते हैं। सुना है आपने, रामबत्ता में स्वास्थ्य-केंद्र बनेगा ?"

—"सुना है।"

—"पूजा-वूजा करके देव-देवताओं को खुश रखने से डॉक्टर-दवाई की ज़रूरत नहीं पड़ती। मैं तो अपने घर में डॉक्टर घुसने नहीं देता था, अब भी नहीं देता। किंतु अंदर महल में डॉक्टर पर बहुत भरोसा है ! पटनावाली है न ! शहरों की हवा ही और होती है।"

—"तो मैं चलूँ कुँवर साहब।"

—"जाइए !"

माखन महतो जी जान से साइकिल चलाता हुआ लारातु चौकी से आगे दो मील पहुँचने के बाद एक सरदारजी के ट्रक पर मय साइकिल के सवार हो गया।

डालटनगंज पहुँचकर वह शिवाजी-मैदान की ओर भागा। रामाश्रय प्रसाद का मकान पुराने ढंग का है। सामने जमीन, पीछे जमीन, मकान भी फैला हुआ। घर के एक छोर पर रामाश्रय का प्रेस था। वहाँ जॉब वर्क होता। कभी-कभी रामाश्रय पतली पुस्तिकाएँ छापता और उन्हें चारों ओर भेजता। सरकार कमिया-सेवकिया प्रथा समाप्त कर दे, ऐसी बातें वह अकसर कहा करता। विशाल यहाँ पहुँच सकता है समझकर ही माखन इतनी व्यग्रता से वहाँ पहुँचा था। रामाश्रय और माखन सहपाठी थे और माखन को इसमें कोई शक नहीं था कि रामाश्रय की चिंतनधारा अवास्तविक है, सपना ही रह जाएगी। किंतु माखन खुद बड़ाटोली गाँव में कुछ बकरियों और भैंसों का मालिक बनकर ज़िंदगी बिताना नहीं चाहता था। सरकारी नौकरी में घुसने

की कोशिश करने के लिए वह टाउन में आता और रामाश्रय के घर पर टिकता। पटना परीक्षा देने जाता और लौटते समय यहाँ रात गुज़ारता। रामाश्रय स्नातक है, टाउन में रहता है, फिर भी नौकरी-वौकरी जुटाकर क्यों वह अपनी हालत नहीं सुधारता, और क्योंकर अकसर 'पुलिस का जुलुम नहीं चलेगा' जैसी पोस्टर या पुस्तिका छापकर सबको नाराज करता रहता है, यह माखन नहीं जानता। किंतु माखन के पिता की बीमारी में उन्हें अपने घर में रखकर रामाश्रय की स्कूल में पढ़ानेवाली पत्नी ने उनकी सेवा-सुश्रुषा का जो झमेला सहा था, वह माखन नहीं भूल पाता।

इसीलिए वह रामाश्रय को सावधान करने आया था। उसने रामाश्रय से कहा, "वे लोग आएँ तो घुसने मत देना, नहीं तो मारे जाओगे।"

—"कैसे ?"

—"कुँवर के हाथ बहुत लंबे हैं।"

—"देखा है। उसका टाउन का मकान यहीं है। राह चलते मुलाकात भी हुई थी।"

—"सावधान रहना।"

—"अवश्य, तुम फ़िक्र मत करो।"

—"मैं आज रात यहीं रहूँगा।"

रामाश्रय ने पूछा, "रहोगे ?"

—"कोई असुविधा है क्या ?"

—"मुझे नहीं, तुम्हें असुविधा होगी। क्योंकि..."

रामाश्रय की पत्नी कमरे में आई। चेहरा तमतमाया हुआ, आँखें उत्तेजनापूर्ण।

—"बोलो, महतो जी को बोलो ! इतनी बड़ी विपत्ति अपने सिर ले रहे हो, हमें विपदा में डाल रहे हो, बताओ उन्हें।"

—"आहिस्ता गीता, आहिस्ता।"

—"आहिस्ता ही बोल रही हूँ।"

रामाश्रय ने कहा, "मैं तो कहता हूँ कि माखन लौट जाए।"

—"नहीं, पहले मैं अपनी बात पूरी कर लूँ।"

माखन महतो को जो कहना था, सब कहा। रामाश्रय बोला, "मैं तो

और कुछ कर नहीं पाऊँगा। उन्हें कम से कम हटा तो दूँ। मैंने सब कुछ लिख लिया है। उन्होंने अँगूठा भी लगाया है।"

—"क्या करोगे ? छापोगे ?"

—"पागल हो गए क्या ? पर मैं यह ज़रूर चाहता हूँ कि पलामौ जिले का नाम नक्शे में आए।"

—"क्या ऊट-पटांग बक रहे हो ? बिहार के नक्शे में पलामौ, भारत के नक्शे में बिहार नहीं है क्या ?"

—"तुम्हें कैसे समझाऊँ ? अरे, पलामौ में क्या होता है, कैसे-कैसे अत्याचार, यह बाहर कोई जानता है ?"

—"लिखोगे तो तुम अपनी आफ़त बुलाओगे, भाई।"

—"मैं नहीं लिखूँगा। राजा, जमींदार, पुलिस अधिकारी, मंत्री, सभी कुँवर जैसे हैं। मैं किस बूते पर लिखूँगा ? पाँच लोग साथ में होते, हिम्मत देते, तो ज़रूर लिखता।"

—"तो क्या करोगे ?"

—"पता नहीं, अभी पता नहीं। पहले उनको हटा तो दूँ। यहाँ रहेंगे तो उनकी जान बचाना मुश्किल है।"

—"कहाँ भेजोगे ?" माखन ने नरम स्वर में पूछा।

—"एक व्यवस्था तो की है।"

गीता बोली, "हाँ, इन्हें भी फँसाओ !"

रामाश्रय क्षीण मुस्कराहट से बोला, "माखन वगैरह ने तो उनकी बकरी-वकरी ख़रीदी है, फँसने में कसर ही क्या रह गई है ? माखन की हर ज़रूरत में मैं हमेशा साथ था, मेरी एक ज़रूरत में वह एक बार तो साथ दे। यहाँ से सीधे चले जाएँ राँची।"

—"कौन ? मैं ?"

—"वे, वे। राँची ? धनबाद ? देखें, कहाँ का ट्रक मिलता है !"

—"विशाल ? बरजू ?"

—"सभी।"

अंत में नागेसियाओं का दल राँची नहीं, ट्रक में सवार होकर टाटा पहुँचा। बीस साल पहले कस्बों से हरदम मज़दूर बाहर चले जाते थे। टाटा

पहुँचकर ये लोग पहले तो घबरा गए। बरजू बोला, "कुँवर के पास बहाल होने से पहले, जब मेरा बाप कमिया था, तब मैं यहाँ काम कर चुका हूँ। चक्रधरपुर भी गया था। रुपए कमाकर गाँव लौटा, उसके बाद ही वहाँ फँस गया। चलो, देखा ही जाए, यहाँ क्या जुटता है।"

टाटा भी काफी बड़ा हो गया है। फिर भी, ट्रक ड्राइवर की मदद से, सबको लेकर बरजू सोहनलाल के ईंटा-भट्टा में पहुँचा। बोला, "देख ले, कितनी जगहों से कितने लोग आए हैं यहाँ। पड़े रह पेड़ के नीचे। रामाश्रय ने क्या कुछ पैसे दिए हैं, उसी से जो हो ख़रीदकर खा लेना।"

—"तू मत जा बरजू।"

—"भरोसा रख गनो। मुझे तो और काम निपटाने हैं, मालूम है न ?"

—"इतने लोग हैं यहाँ !"

ड्राइवर बोला, "सुबह ठेकेदार आएगा, काम पर ले जाएगा। इसीलिए तो यहाँ ले आया।"

अगणित काले-काले अनाड़ी चेहरे देखकर गनो को कुछ भरोसा हुआ। उसाँस छोड़कर बोला, "जो होना होगा, होगा ! तू लोग जा।"

—"इकट्ठे रहना। बीवी-बच्चों को सँभालकर रखना।"

ड्राइवर ने कहा, "तुम जाओ, मैं देख लूँगा।"

गनो का साहस फिर लड़खड़ाया। उसने दबी आवाज़ में कहा, "मैं बहुत भरोसा नहीं पा रहा हूँ बरजू।"

—"काहे को ?"

ऐसे में धोती और कमीज पहना एक नाटा ठिगना व्यक्ति उनके निकट पहुँचा। पूछा, "क्या हुआ ? कौन हैं ये लोग ?"

बरजू ने नमस्ते किया। पूछा, "आप ?"

—"मैं भारत जोंको। तुम लोग ?"

—"ये लोग काम की तलाश में आए हैं...पलामौ से।"

—"क्यों ?"

—"वहाँ रोटी नहीं मिलती।"

भारत जोंको ने पूछा, "कितने लोग हैं ?"

—"इतने ही ! बच्चे-बूढ़े मिलाकर तीस लोग होंगे।"

—"उधर नहीं, इधर आओ। इधर हमारे लोग हैं। ये सब देहाती हैं ?"

—"हाँ भैया, ये लोग नागेसिया हैं।"

—"आदिवासी ?"

—"हाँ !"

भारत जोंको ने उसाँस छोड़ी। बोला, "काम है, पैसा है, किंतु बहुत लड़ाई करके जीना पड़ता है।"

—"मुझे पटना जाना है, नहीं तो मैं भी रुकता।"

—"पटना !"

—"वो...बहुत बड़ी लड़ाई है भैया।"

—"इन्हें छोड़कर जाते हुए डर रहे हो ?"

—"इन्हें कुछ नहीं मालूम।"

भारत ने फिर साँस छोड़ी। कहा, "हमारे यहाँ कारखाने की लड़ाई, खदान की लड़ाई, मैं तो आदमी लाता हूँ, ठेकेदार को रुपए देकर काम बटोरता हूँ, झोंपड़ियाँ खड़ी करता हूँ। ठीक है, ये लोग भी रहेंगे। इनका मुख्तार कौन है ?"

—"गनो ! इधर आ।"

भारत बोला, "हम आदिवासी हैं, तुम लोग भी आदिवासी हो, चलो मेरे संग। टाटा बहुत ख़तरनाक जगह है। हमें खा डालता है।"

—"हाँ बाबू।"

—"एकदम देहाती हो ! 'बाबू' कौन है ? चलो, अच्छा हुआ कि मेरी नज़र में पड़ गए थे। गाँव से नए लोग आते ही यहाँ कानाफूसी चलती है। कानाफूसी हो रही थी। वही सुनकर तो मैं उठ आया।"

—"तुम नागेसिया हो !"

—"पता नहीं। हम राजंका के लोग हैं। वहाँ के सभी। ख़ैर, मुझसे भेंट हो गई तो भाई समझ लो कि तुम्हारे देहाती आदमी लोग बच गए। अब हमारे साथ जो होगा, इनके साथ भी वही होगा।"

—"झोंपड़ी बना पाएँगे ?"

—"हम सब मिलकर बना लेंगे।"

—"हम चलें।"

—"यह कौन है ? बात नहीं करता ?"

—"मेरा भांजा है।"

—"उसी का केस-वेस होगा, है न ? उसका चेहरा देखकर ही मैं समझ गया था। जाओ, ट्रक या बस से ही जाना पड़ेगा। और क्या !"

बरजू ने गनो का हाथ थामा। बोला, "इतने आदिवासी, सब गँवई लोग हैं, इन्हीं के साथ रहना। और...और कहीं भी टिप्पा मत देना।"

भारत जोंको ने कहा, "मैं टिप्पा लगाने नहीं दूँगा। किंतु भाई ! मुझे बिना बताए कहीं भी नहीं जाओगे। यहाँ तरह-तरह के लोग तरह-तरह के मतलबों से घूमते हैं। गँवई आदिवासी देखते ही कहेंगे, 'चलो खदान में, रोजाना दस रुपए मिलेंगे। चलो ईंटा-भट्टा में, इतने रुपए मिलेंगे।' "

गनो ने पूछा, "तुम्हें कितना देना पड़ेगा ?"

—"मुझे क्यों दोगे ? मैं भी तुम्हारे जैसा काम करूँगा, मजदूरी लूँगा।"

इसी तरह खेड़ा गाँव के नागेसिया अपनी मिट्टी से जड़ उखाड़कर टाटा के छोर पर टिके हुए देशांतरी दैनिक मजदूरों के समाज में शामिल हो गए और गनो ने बरजू से कहा, "कभी खेड़ा जाओ तो घर के चूल्हों को तोड़ देना।"

बरजू असीम करुणा में बोला, "खेड़ा की बात भूल जा। मालिक वहाँ नई आबादी बसाएँगे। हो सके तो एक नया खेड़ा बना लेना।"

भारत बोला, "अवश्य...अवश्य ! सामने जो देख रहे हो, वे क्या झोंपड़ियाँ हैं ? उन सबके नाम अपने गाँव के नाम पर हैं।"

—"हमें हमेशा रहने देंगे ?"

—"नहीं। शहर फैल रहा है। इन सभी जगहों को शहर लील लेगा। तब हम और कहीं चले जाएँगे।"

बरजू और विशाल ने एक ढाबे में बैठकर चावल खाया। उसके बाद उन्होंने पटना जाने के लिए भारत से पथ-निर्देश लिया।

कुँवर को कुछ भी पता नहीं था। अब सोचते हैं तो सिर चकरा जाता है, अमानुषिक क्रोध से आग लगा देने की इच्छा होती है, इच्छा होती है दनादन

गोली दागें, सब कुछ झुझार और खेड़ा बना दें।

रामाश्रय के सुझाव के अनुसार बरजू और विशाल पटना स्टेशन पर बैठे थे। उन्होंने अपना चेहरा और सिर गमछे में छिपा रखा था, क्योंकि कुँवर के वकील का निवास पटना में ही था। डालटनगंज का वकील। यही वकील पटना में कुँवर की जमीन-जायदाद सुरक्षित रखता।

रामाश्रय उन्हें एक व्यक्ति के घर पर ले गया। वस्तुतः रामाश्रय पहले ही पटना पहुँच गया था और उस मकान में इनकी बाट जोह रहा था। सामने की काँच से मढ़ी मेज पर कुछ कागज रखे थे। बरजू ने उन कागजों को पहचाना। उसमें बरजू और विशाल के बयान दर्ज़ थे, नागेसियाओं के कमियौती का सारा हिसाब था।

रामाश्रय ने परिचय कराया, "बरजू भुँइया, विशाल भुँइया। इनका नाम है सागर वर्मा। बड़े पत्रकार हैं।"

—"पत्रकार क्या होता है परसादजी ?"

—"अखबार में लिखेंगे, सभी जान जाएँगे।"

विशाल ने पूछा, "उससे कुँवर का कुछ होगा ?"

—"सो देखा जाएगा, देखा जाएगा विशाल। सागर ! इस बरजू से ही सुनो। कुँवर अपने शेर के पिंजड़े में आदमी भी धकेल देता है। अपने कमिया औरत और उसके बच्चे को भी डाला है उसने।"

सागर वर्मा ने पूछा, "क्या यह सच है ?"

बरजू क्षीणता से मुस्कराया। बोला, "पटना में बैठे आप लारातु के बारे में कुछ भी अनुमान नहीं लगा पाएँगे बाबू।"

सागर वर्मा ने कहा, "ग्रेट स्टोरी बनेगा, रामाश्रय ! लेकिन थोड़ी सूझ से काम लेना होगा।"

—"कैसी सूझ ?"

—"बहुत शोर उठ सके, ऐसा कुछ करना होगा। सबसे अच्छा होता यदि किसी ऑल इंडिया अख़बार में कोई बड़ा पत्रकार लिखता।"

—"ऐसा ही करो, ऐसा ही करो सागर। पलामौ जहाँ पड़ा है, वहाँ क्या चल रहा है ? एकदम बर्बर सामंती युग में पड़ा है पलामौ। मेरी कोई क्षमता नहीं। किंतु पलामौ पर रोशनी पड़ते ही पर्दा हट जाएगा, और मैं यही चाहता

हूँ। ये लोग कमिया हैं ? ये लोग ज़िंदगी भर के लिए गुलाम हैं।''

—''यदि लेख लेख जैसा हो, तो उस पत्रकार को भी बहुत यश मिलेगा।''

—''यह तुम समझो, मैं पत्रकारिता के जगत के विषय में नहीं जानता।''

—''वाम-पक्षीय पत्रकार चाहिए।''

—''जिससे काम बने, वही करो।''

—''मैं इनसे ठीक-ठाक सब जान लूँ। तुम भी तो और कुछ बता पाओगे।''

—''सो तो बताऊँगा। लेकिन मैं नहीं चाहता कि ये दोनों किसी मुसीबत में पड़ें।''

—''क्या ये दो एक दिन रुक पाएँगे ?''

—''रुकना ही पड़ेगा। ये अब पलामौ नहीं लौट सकते।''

—''तो ये करेंगे क्या ?''

—''वही तो सोच रहा हूँ। किसे पकड़ूँ, किससे कहूँ कि इन्हें रोजी-रोटी का कोई जुगाड़ कर दे।''

बरजू ने कहा, ''हम टाटा चले जाएँगे।''

—''क्या करोगे वहाँ ?''

—''खेड़ा के लोग जो करेंगे, हम भी वही करेंगे।''

बरजू ने आगे कहा, ''ज़िंदगी तो बीत गई। मेहनत करने से क्या एक जून का भोजन नहीं मिलेगा ?''

सागर वर्मा ने सुझाया, ''अभी यहीं रहो। तुम लोगों की बातें सुनूँगा, तुम लोगों की तसवीरें भी खींचूँगा।''

रामाश्रय बोला, ''इससे ये मुसीबत में पड़ेंगे। इनकी तसवीरें मत छापना। ट्रक ड्राइवर को पता है कि इन लोगों को कहाँ ले गया था। मेरा नाम भी मत देना।''

विशाल ने कहा, ''तुम्हारा नाम तो उन्हें पता चल जाएगा। तहकीकात करने से लोग बता देंगे कि मैं तुम्हारे पास था।

—''तुझे जाने के लिए मना किया था, तूने सुना नहीं।''

—"क्या करता, कुनारी बोली कि एक बार चलो, गाँव हो आएँ।"

सागर ने कहा, "चलो होटल से खाना खा आएँ। मेरे घर पर तो कोई नहीं है। मैं बाहर ही खाता हूँ।"

—"सब गए कहाँ ?"

—"बीवी कलकत्ता गई है बैंक के काम से, बच्चे हॉस्टल में हैं। मैं अकेला ही हूँ। देखें, सब गुट्टी फिट बैठे तो मैं दिल्ली चला जाऊँगा। बड़े शहरों के अलावा कहीं आगे बढ़ने का अवसर नहीं मिलता। न जाने तुम कैसे वहाँ पड़े हो !"

—"सभी महानगरों में ही रहेंगे ? छोटे कस्बों में भी लोग चाहिए।"

—"ठीक कहा !"

रामाश्रय दो दिन बाद लौट गया। बरजू और विशाल भी टाटा चले गए। जड़ उखड़ जाने के बाद पेड़ बाढ़ में बह जाता है। खेड़ा और लारातु से उखड़ कर बरजू और विशाल भी बह गए।

और महीने भर बाद, कुँवर का वकील पटना से लारातु आ पहुँचा।

"अरे, आप ? अचानक ?"

"आपने अख़बार नहीं देखा ?"

"समाचार पत्र ? क्यों नहीं, जब टाउन में जाता हूँ तो वकील के घर पर 'दैनिक भारत' पढ़ लेता हूँ। मेरा बेटा 'मनोहर कहानियाँ' पढ़ता है।"

"इन अख़बारों को देखा ?"

"क्या देखना है ?"

पटना के वकील अत्यंत दुर्भावनाग्रस्त होकर डालटनगंज के अपने भतीजे के डॉक्टर-ससुर की गाड़ी लेकर कुँवर के पास पहुँच थे। उन्होंने कहा, "सर्वनाश हो गया ! इन्हें देखिए तो सही !"

"अंग्रेजी मैं क्या समझूँगा ?"

"थोड़ा ही समझिए। देखिए, एक साथ दो अंग्रेजी और एक हिंदी अख़बार में क्या लिखा है। यह सब तो मुझे भी नहीं मालूम था।"

"क्या लिखा है ?"

"आपका नाम रखा है 'लारातु का आदमखोर !' समझे ? 'आदमखोर' कहा है आपको।"

"किसने ? किसने कहा है ?"

"पत्रकारों ने।"

"वे कौन हैं ?"

"उनके नाम हैं...दीपक सिंह...बहुत नामी पत्रकार है...राजस्थान के सिंचाई मंत्री की करतूतों के बारे में लिखकर तूफान खड़ा कर दिया था। प्रकाश वर्मा...कभी नाम नहीं सुना। और..."

"आदमखोर ? मैं आदमी खाता हूँ ?"

"आप आदमी, औरत, बच्चा मारकर अपने शेर को खिलाते हैं। कमिया औरतों की इज्जत लूटते हैं, फिर उन्हें मार डालते हैं। स्कूल, अस्पताल, कुछ भी बनने नहीं दिया लारातु में। अपनी जमींदारी में पुलिस को घुसने नहीं देते। सरकारी जंगल के पेड़ बेचते हैं।"

"किसने ? किसने कहा है यह सब ?"

"आपने शिकारखाने में कुनारी भुँइन और उसके बच्चे को..."

"बरजू !"

"इतने समाचार जो छपे हैं, अगले रविवार को भी ये सब ख़बरें छपेंगी।"

"मान हानि का मुकदमा करूँगा।"

"किसके ख़िलाफ़ ? ये सब दिल्ली और इलाहाबाद के अख़बार हैं। पटना में तो बहुत शोर मचा है। और आपके कब्जे में सबसे ज्यादा जमीन है। एक 'गैर-मजरुआ' जमीन लेकर धरमवीर सिंह के साथ आपका विवाद भी था। मामला समझ में आया ?"

"समझना क्या है ? बेटे की जमीन न बाप की थी, न दाँव की। उसी से तो सब, बाप-बेटा एडवोकेट बनकर पैसा पीट रहे हैं ! जमीन ख़रीद रहे हैं ! छिः !"

—"थोड़ा शांत होइए, समझने की कोशिश कीजिए। वह 'धरमज्योति' अख़बार निकालता है, वह इन खबरों को भुनाएगा नहीं ?"

"उसका प्रेस जला दूँगा।"

''राँची जाकर ?''

कुँवर के दोनों हाथ कुछ अधिक ही लंबे हैं, चेहरा पीटा हुआ, मजबूत। मूँछें मोटी, और कंठ स्वर भी कुछ ज्यादा ही मोटा।

''तो क्या किया जाए ? इतनी बदमाशी तो सही नहीं जा सकती।''

''आप तो बात ही नहीं सुनते। कितनी बार मैंने चेताया कि जमाना बदलता जा रहा है, सबके साथ सद्भाव रखिए।''

''जमाना आपका बदल सकता है वकील साहब ! परमजीत सिंह कुँवर जमाना नहीं मानता। क्या सोच रहे हैं आप ? केस ठोंक दीजिए।''

''किसके ख़िलाफ़ ?''

''पटलगंज के धरमवीर सिंह ! और किसके ? जितनी ख़बरें छपी हैं, सब उसे मालूम था। बरजू को वही ले गया।''

''बरजू कौन ?''

''मेरा कमिया। शिकारखाना में काम करता था।''

''धरमवीर सिंह ने ये समाचार दिए हैं, इसका कोई प्रमाण है ?''

''आप घबरा क्यों रहे हैं ?''

''बहुत बड़ा शोर उठेगा कुँवरजी ! समाचार पढ़कर लारातु में लोगों और पत्रकारों का ताँता लग जाएगा।''

''मैं किसी सरकारी अफसर को ही यहाँ घुसने नहीं देता। पत्रकार आएगा ? किस हिम्मत से ?''

वकील ने सिर हिलाया। कहा, ''प्रेस के किसी व्यक्ति के साथ बुरा आचरण करने से प्रेस आपको छोड़ेगा नहीं। दिल्ली की सरकार, पटना की सरकार भी प्रेस को नाराज करना नहीं चाहती। वे उलटा-सीधा कुछ लिख देंगे तो बदनामी और बढ़ेगी।''

—''दीजिए अखबार।''

—''लीजिए। आप ही के लिए लाया था।''

हिंदी अख़बार पढ़कर कुँवर के दिमाग में आग भड़क उठी थी। इस सबके पीछे धरमवीर सिंह का ही हाथ था, उनकी यह धारणा उस सप्ताह की 'धरमज्योति' पढ़कर और भी पक्की हो गई।

चूँकि बरजू और विशाल, भुँइया जाति के थे, इसीलिए दूसरे भुँइया

कमियाओं के घर जलाकर उन्हें शिक्षा देना चाहते थे कुँवर। किंतु उन्हें इस शुभ संकल्प का परित्याग करना पड़ा, क्योंकि डालटनगंज के वकील ने कहा, "ऐसा कोई कदम मत उठाइएगा जिससे आपको ही नुकसान उठाना पड़े।"

'लारातु के आदमखोर कुँवर' के वंश के विभिन्न अत्याचारों का इतिहास, उनके पास बंधुआ मजदूरों की संख्या, उनकी हालत आदि पर लगातार तीन किस्तों में विस्तृत लेख छपे।

पटना विधान सभा में 'कम्युनिस्ट पार्टी' के सदस्यों ने काफी चिल्ल-पों मचाई। उन्होंने माँग की कि घटना की पूरी जाँच कराई जाए।

बरजू द्वारा दिया गया पूरा बयान छपा। उसमें शिकारखाने में कब कौन शेर की खुराक बना, उनका नाम और पता भी दिया गया था। सातवाँ दशक बिहार के लिए बहुत अस्थिर समय था। बिहार भी नक्सल-आंदोलन और उसके समर्थकों से अछूता न था। 'धरमज्योति' अखबार के मालिक यद्यपि राजपूत थे और वे खुद भी दास-मालिक थे, कुँवर को नीचा दिखाने का ऐसा स्वर्णिम अवसर उन्होंने भी नहीं गँवाया। उन्होंने लिखा, 'परमजीत सिंह कुँवर ने पलामौ तथा बिहार का नाम कलंकित किया है।'

दिल्ली की संसद में भी बात उठी।

रामाश्रय ने पत्नी से कहा, "चलो अच्छा हुआ ! पलामौ का नाम सारा देश जान गया।"

—"बहुत सावधान !"

—"हाँ गीता ! मैं जानता हूँ, अभी मुझे बहुत सावधान रहना होगा। यूँ अख़बारों में मेरा नाम नहीं था।"

धरमवीर सिंह एक दिन रामाश्रय प्रेस पहुँचे।

"अभी क्या छाप रहे हैं ?"

"पलामौ की वनौषधि।"

“कोई किताब ?”

“हाँ। वैद्याचार्य कल्याण शास्त्री ने लिखी है।”

—“रुपए देंगे न ?”

—“हाँ, उनकी कई किताबें तो छापीं।”

—“मैं सोच रहा था, ‘धरमज्योति’ आपके प्रेस से छप सकता है या नहीं।”

—“यह बहुत ही छोटा प्रेस है धरमवीर जी !”

“एक बात बताइएगा ?”

“कौन-सी बात ?”

“कुँवर के बारे में उन्हें कहाँ से मालूम हुआ ?”

“सब तो कहते हैं कि आप ही ने ख़बर दी थी।”

“जिस कमिया की बीवी के चलते इतना हंगामा हुआ, वह तो आपके पास ही रहता था।”

“टिका कहाँ ? बीवी-बच्चा लेकर गाँव चला गया, लौटा ही नहीं।”

“आपके पास इधर-उधर से लोग आते हैं। क्या तो सब सभाएँ वगैरह होती हैं !”

“साहित्य-सभा।”

“ताज्जुब है ! कुँवर मुझसे ख़ार खाए बैठा है। मैं तो लगभग सारी घटनाएँ जानता हूँ, कौन नहीं जानता ? किंतु मैं राजपूत होकर क्यों दूसरे राजपूत की पगड़ी उछालता ? दीपक सिंह...ज़िंदगी में कभी उसका नाम नहीं सुना ! उसे सब पता चल गया ?”

“बहुत आश्चर्यजनक लगता है।”

“बहुत ही। अच्छा, चलूँ। सुना, बिटिया कक्षा में अव्वल आती है।”

“वह तो आपकी नतनी भी।”

धरमवीर ने स्नेह के साथ कहा, “जब तक शादी न हो जाए, पढ़ने दीजिए। वैसे मैं नतनी को आगे नहीं पढ़ाऊँगा।”

—“पढ़ाई रोक देंगे ?”

“ज़रूरी क्या है, शादी, या पढ़ाई ?”

“मैं तो बेटी को पढ़ाना चाहता हूँ।”

"अफ़सर बनाएँगे ?"

"इच्छा तो यही है। देखें..."

"हमारे घर में यह सब नहीं चलता। दामाद ढूंढूँगा पालिटिक्सवाले परिवार में। अब पालिटिक्स में पैसा है। देख तो रहा हूँ।"

किंतु दिल्ली में तो दास-मजूर प्रथा पर भी शोर उठा। कब तक ऐसा चलेगा ? कब यह प्रथा बंद होगी ? गाँधी पीस फाउंडेशन और नेशनल लेबर इंस्टीट्यूट के बुलेटिनों में छपे भारत के विभिन्न राज्यों में बँधुआ-मजदूरों की संख्या के आँकड़े सांसदों को चौंकाते हैं। फिर एक क्षमताशाली समिति लारातु अभियान पर निकली। उस समिति में पत्रकार तथा नागरिक अधिकार रक्षा समिति के सदस्य भी थे। समिति घटनास्थल पर जाँच के लिए पहुँची।

पलामौ जिले के कमिश्नर ने कुँवर को सूचना भेजी, "ये लोग जा रहे हैं, आप इन्हें सहयोग दें।"

लारातु में थाना, डाकखाना या अस्पताल नहीं था। ब्लॉक-ऑफिस भी बिना काम के परित्यक्त पड़ा था। इन विषयों के सभी प्रश्नों के उत्तर कुँवर ने गर्व के साथ चुटकी में उड़ा दिए।

—"झुझार गाँव जलाकर आप लोगों ने नई प्रजा बसाया था। ऐसा क्यों हुआ ?"

—"पाँव की जूती जब पाँव छोड़कर सिर पर उठना चाहे, तब उस जूती को फेंक देना पड़ता है।"

पत्रकार बहुत चौंके।

कुँवर बोले, "सच और झूठ बिना जाने आप लोगों ने मेरे बारे में उलटा-सीधा लिखा ?"

"कौन-सी बात झूठ थी ?"

"छह हजार एकड़ जमीन ? जंगल भी जमीन है ?"

"जिससे आमदनी होती है, वह तो जमीन ही है।"

"किसके पास नहीं है ? सिर्फ़ मेरा ही नाम मिला लिखने को ?"

"और हजार बँधुआ ?"

“वह तो रखना ही पड़ता है। राजपूत क्या खुद हल जोतेगा ?”

“यदि सरकार कमियौती प्रथा समाप्त कर दे ?”

“भारत सरकार क्या करेगी ? क़ानून बनाएगी ? क़ानून बनाकर इतने पुराने नियम हटा देगी ? कुछ नहीं होगा ! क्यों नहीं होगा, मालूम है ? इनके पास कोई जमीन नहीं है। जिले में कोई ‘इनडस्ट्री’ भी नहीं है। काम कहाँ ? क्या खाएँगे ? इसी से समझ लीजिए।”

—“उनके पास जमीन थी ही नहीं ?”

—“सब तो हमारे खाते में आ गया है।”

—“कुनारी भुँइन के बारे में बताइए।”

—“मैं क्या बताऊँ ?”

—“आपके जंगल से वह कहाँ गई ?”

—“वह सब छोटी जात की औरत, किसी के साथ भाग गई होगी।”

—“हमारी जानकारी ऐसी नहीं है।”

—“आपको क्या जानकारी है ?”

—“बरजू भुँइया ने कहा है, आपने माँ और बेटे को शेर के पिंजड़े में डाल दिया था।”

—“किससे कहा है ?”

—“किसी से कहा है। बयान में उसने अँगूठा भी लगाया है।”

—“बरजू !”

—“शिकारखाना के शेर को आप आदमी खिलाते हैं ?”

—“इन प्रश्नों का मैं उत्तर नहीं दूँगा।”

—“लारातु में कोई स्कूल, अस्पताल, सड़क क्यों नहीं है ?”

—“अस्पताल क्या होगा ? बीमारी होती नहीं। स्कूल ? हमारे बच्चे टाउन के स्कूल में पढ़ते हैं। और ये लोग क्या आदमी हैं ? खेत जोतेंगे, भैंस चराएँगे, स्कूल लेकर वे क्या करेंगे ?”

—“ब्लॉक-दफ्तर को भी आप काम नहीं करने देते।”

—“नहीं। सरकारी दफ्तर इलाके में घुसते ही हवा बदल जाती है। अपने रहते ऐसा होने न दूँगा।”

अगली रिपोर्ट में राज्य सरकार की कड़ी आलोचना की गई, जिला प्रशासन को तो धो ही डाला। कुँवर के बारे में लिखा, वह यही नहीं मानते कि भारत आज़ाद हुआ है। पलामौ को मध्ययुगीन अँधेरे में डूबा जिला बताया गया। कुँवर की अपनी लठैत सेना, बिना लाइसेंस की बंदूकों की संख्या, वन-विभाग और सिंचाई-विभाग की जमीन पर कब्जा, और कुँवर के वासना की शिकार औरतों का हिसाब, सब कुछ उजाले में आ गया।

लौटते समय वरुण आग्रेय रामाश्रय से कह गया, "इससे अधिक हमसे नहीं हो सका।"

—"धन्यवाद, बहुत धन्यवाद।"

कुँवर के जीवन में दुस्समय की शुरुआत थी। डी.सी. ने उन्हें बुलवाकर कहा, "अस्पताल, सात प्राथमिक शालाएँ, हरिजन मिशन कार्यालय बनेगा। सड़कें बनेंगी, उन पर बसें चलेंगी। विकास के कार्य होंगे। आप बाधा देने की कोशिश नहीं करेंगे।"

—"क्यों, क्यों दुश्मनी कर रहे हैं ?"

—"सर्वत्र हो रहा है, लारातु क्या देश के बाहर है ? बहुत पहले ही यह सब होना था।"

"आप सर्वनाश बुला रहे हैं।"

"आप पागल हैं।"

"किसी डी.सी. ने जो नहीं किया..."

"मैं वही करूँगा।"

"और क्या सर्वनाश करना चाहते हैं ?"

"आप जाइए, तंग मत कीजिए।"

"मेरी जमीन पर यह सब नहीं होगा।"

"मौजे का नक्शा देख लीजिएगा। सरकारी जमीन पर सरकार कुछ भी बना सकती है।"

कुँवर की आँखों के सामने से मालवाही-ट्रक आए, काम शुरू हुआ। पराजय और पराजय !

वन-विभाग और सिंचाई-विभाग ने मुकदमा दायर किया। मुकदमे हो रहे हैं, इसी में कुँवर की नाक कटती। कुँवर की पत्नी ने राँची में पत्र भेजा।

कुँवर के साले आर्मी अफ़सर, कारखानों के मालिक थे। राँची में उनकी हवेली थी, बच्चे अंग्रेजी स्कूल में पढ़ते, पत्नियाँ मोटरों में घूमतीं।

कारखाना-मालिक-भैया लारातु पहुँचे। कुँवर के विषय में इतना कुछ छपने से वे भी अपमानित थे। कुँवर की पत्नी भैया के पास अपना दुखड़ा रोई—"उन्हें समझाइए, समझदारी से काम लेने को कहिए। बेटियों की शादी करनी है। बेटे के लिए बहू लानी है। जमाना बदल रहा है, वे यह मानते ही नहीं।"

—"रोने-धोने से क्या फ़ायदा ?"

—"टाउन में रहकर भी तो कितने काम कर सकते हैं।"

—"मैं बात करूँगा।"

कुँवर के साथ उन्होंने बात की।

—"आप कुछ समय के लिए यह सब छोड़ें।"

—"क्या करूँगा ?"

—"पालिटिक्स कीजिए, ठेकेदारी कीजिए। अब सभी लोग जो कर रहे हैं, वही कीजिए।"

—"ज़मीन ही असली संपदा है।"

—"ठीक है ! मान लिया ! किंतु यहाँ की मिट्टी में तो अच्छी फ़सल नहीं होती।"

—"होगी, होगी।"

—"तो फिर ट्रैक्टर लाइए। खाद लाइए। उन्नत किस्म के बीज लाइए।"

—"वह सब मार्डन चीज़ें मैं नहीं लाऊँगा। बाप-दादा ने जो किया था, मैं भी वही करूँगा।"

—"तो बेटे को राँची के कृषि-विश्वविद्यालय में भेजिए। और कुछ नहीं तो बड़ा अफ़सर तो बन ही जाएगा।"

—"क्या ज़रूरत है ?"

—"कैसे समझाऊँ आपको ? आप जो कुछ चाहते हैं, सब पा जाएँगे

अगर पालिटिक्स करें।"

—"मेरे लिए चिंतित न हों। छुट्टी लेकर आए हैं ? आपको तो छुट्टी नहीं मिलती।"

—"कारखाना चलाने से क्या छुट्टी मिलती है ?"

—"आप कारखाने के गुलाम हैं। मैं किसी का गुलाम नहीं। मेरा समय मेरा अपना है। मेरा जंगल देखा ? घोड़े पर सवार हो शिकार खेलने में कितना मज़ा आता है, मालूम है ?"

—"आदमी के शिकार में भी ?"

—"बहुत मज़ा राहुलजी ! सबसे ज्यादा मज़ा तो आदमी के शिकार में ही है।"

—कुँवर की आँखें स्वप्न-पूरित हो उठीं, कंठ स्वर धीमा हो गया।

—"मेरे पूर्वजों का रक्त मेरी धमनियों में बहता है। मनुष्य का शिकार करने के लिए रक्त दीवाना बन जाता है, तब मैं क्या करूँ ? आप ही कहिए ? कमियाओं के लहू में अब और गर्मी नहीं है। वे और चूँ-चपड़ नहीं करते। जब वे प्रतिरोध करते थे, तीर चलाते थे, फावड़ा-टाँगी-बरछी-बल्लम चलाते थे, तब उन्हें मारने में, उनके घर जलाने में जो आनंद मिलता था वह आपको क्या बताऊँ ! उनकी लहू की गर्मी चली गई, प्रतिरोध नहीं करते, बहुत अफ़सोस होता है इसका, बहुत ही अफ़सोस !"

—"प्रतिरोध करते हैं कुँवर साहब, प्रतिवाद भी करते हैं। तभी तो आपके कमियाओं ने ही सारा भेद खोल दिया। उसी से तो इतनी गड़बड़ी हुई।"

—"हाँ, इसीलिए तो लारातु में सरकारी लोग घुस आए, सब डेवलपमेन्ट हो रहा है, यह मैं जानता हूँ।"

—"अब जमाना बदल रहा है, लड़ाई की चाल बदलती जा रही है।"

—"यह मत सोचिए कि वे अख़बारवाले और हल्लाबाज़ और सरकार जीत गई। मैं फिर दिखा दूँगा कि कुँवर कुँवर ही रह गए हैं।"

उनके साले ने उसाँस छोड़ते हुए बहन से कहा, "कोई फ़ायदा नहीं हुआ।"

"यह मेरी नियति है।"

"राजपूत परिवार में पति जो करता है, उसे मान लेने का ही नियम है। तुम भी मान लो, और कर ही क्या सकती हो ?"

कुँवरानी दुखी होकर बोलीं, "मेरी ज़िंदगी तो कट गई। बेटियों की शादी भी रचाएँगे तो हल-भैंस-कमिया देखकर। इनका जीवन कैसे बीतेगा ? बेटा तो बाप जैसा ही है। बेटियाँ तो वैसी नहीं। गोमती कहती है, माँ मैं बहुत पढ़ूँगी। विपाशा कहती है, माँ मैं गाना सीखूँगी। उनकी एक भी चाह पूरी होगी ?"

—"हम लोगों पर भी तो विश्वास नहीं रखते। राँची में रखने पर हमारी बेटियों के साथ ही ये भी पढ़ने जा सकती थीं।"

—"ऐसा करने नहीं देंगे।"

—"अम्मा ने तुम्हें एक बार आने को कहा है।"

कुँवरानी बोलीं, "पिताजी ने जंगल में शादी दी थी, अब यह सब कहकर क्या लाभ ? इस घर में दुल्हन बनकर आई थी, अब अर्थी ही उठेगी। क्या सोचते हैं, बेटियों का भाग्य और तरह का होगा? नहीं होगा।"

—"मैं उन लोगों को लेकर एक बार आऊँगा।"

—"ले आइएगा। गनीमत है, सड़क बिछ रही है, बस चलेगी। डालटनगंज क्या टाउन है ? राँची या पटना की तुलना में तो कुछ भी नहीं लेकिन मैं जिस कब्रिस्तान में रहती हूँ, डालटनगंज जाने पर भी लगता है कि किसी बड़े शहर में पहुँच गई हूँ।"

—"लारातु भी टाउन बन जाएगा। पलामौ में और शहर है ही कहाँ ?"

—"शायद बनेगा, क्या मैं देख पाऊँगी !"

भैया चले गए तो कुंवरानी बहुत रोईं-धोईं, उन्होंने विलाप किया।

2

कुँवर को अब भी याद है, पत्नी के आचरण को उन्होंने विद्रोह मान लिया था। उन दिनों तहसीलदार, जो उनका रिश्तेदार होने के साथ ही उनका कर्मचारी और सलाहकार भी था, उनके लिए सबकुछ था। यद्यपि रिश्तेदारी दूर की थी, किंतु तहसीलदार और कुँवर एक ही वंश के थे। अख़बार में लारातु का ब्यौरा छपते ही जो शोर-शराबा हुआ, उससे यह स्पष्ट था कि उस समय कुँवर की ग्रह-दशा अनुकूल न थी।

जिस ज्योतिषी ने उनकी जन्म कुंडली बनाई थी वे अब राँची में रहते थे और बिहार के प्रसिद्ध ग्रह रत्नाचार्य माने जाते थे। उनसे कोई मिलना चाहता तो उसे वे एक महीने बाद का समय देते। वे जिन रत्नों को धारण करने की सलाह देते, वे उनसे ही खरीदने पड़ते। बिहार में वोट शुरू होने के बाद, पहले उनके पिता और बाद में वे, नेताओं की जन्मपत्री देखने व विचार करने का काम किए जा रहे थे। राँची-धनबाद-जमशेदपुर के उद्योगपति-व्यापारी, डॉन व माफिया, सभी उन पर आश्रित थे। माफिया उन्हें अंगरक्षक देते, उद्योगपति देते मोटरगाड़ी और जंगल के ठेकेदार बना देते आवासीय मकान। कुँवर के लिए अब वे अमरनाथ तीर्थ की तरह ही जितने दूर हो गए थे, उतने ही दुर्गम भी।

कुँवर बोले, "उस धोखेबाज की जान लेने के बाद ही मेरा गुस्सा उतरेगा। जब कोई उसका नाम भी नहीं जानता था तब मैंने हजार रुपए देकर उससे अपनी जन्मपत्री नहीं बनवाई थी ? एक बार भी नहीं कहा कि बुरा समय आनेवाला है, नहीं कहा कि घरवाली भी आँख से आँख मिलाकर बात

करेगी। उसे मार डालना ज़रूरी है।"

तहसीलदार बोला, "आप ठीक ही कहते हैं। किंतु समय बुरा है, ऐसे में ब्रह्महत्या करेंगे ? उनकी राय लिए बिना मुख्यमंत्री एक मकान तक नहीं ख़रीदते, और सिंहानियाओं का 'टांसपोर्ट' बिजनेस भी उन्हीं की बदौलत है। अभी उनका नुकसान करना चाहेंगे तो आपके बिरादरी के लोग ही आपके ख़िलाफ़ हो जाएँगे।"

—"सबके सब पाजी हो गए हैं।"

—"आपने पत्रकारों से इतनी रूखी-सूखी बातें की, इसी से चिढ़कर तो उन्होंने और भी लिखा।"

—"तुम भी ऐसी बातें कर रहे हो ?"

—"मेरे सिवा आपका और कोई मित्र नहीं। आप ही की तरह मेरा भी खून खौल रहा है।"

—"कुछ तो करो !"

—"कुँवरानी के बारे में क्या कह रहे थे ?"

—"वह भी तो सनक गई है। कहती है, बेटियों को पढ़ा रहे हो, टाउन में अफ़सर वर ढूँढ़कर उनके हाथ पीले करो। बेटे का रिश्ता शहर में करो, उसे अफ़सर बनाओ। गाय-भैंस-खेत-अनाज-कमिया-जंगल में धकेल देने से इनका जीवन बरबाद हो जाएगा। मुझ जैसे पिंजड़े में बंद रहने से बेटियाँ दम तोड़ देंगी।"

—"बहुत बुरा है आपका समय !"

—"घर की औरत की बात किस कुँवर ने सुनी है ? एक को मार डाला, फिर से शादी कर ली।"

—"अब ऐसा करने पर कुँवरानी के भाई लोग हैं, इस हादसे को लेकर 'धरमज्योति' फिर शोर मचाएगा। और, लारातु में अब लोगों की आवाजाही बढ़ेगी, चाय की दुकानें खुलेंगी, बसें चलेंगी, ख़बरों का प्रचार होगा, सरकारी कामों में बाहर से विभिन्न जाति के लोग आएँगे। पुराना नियम जारी रखना मुश्किल होगा।"

—"मैं क्या हाथ-पाँव समेटकर घर में बैठा रहूँ ?"

—"सो क्यों ? अपने पिता, स्वर्गीय कुँवर की धूमधाम से बरसी

मनाइए। खेड़ा में नई प्रजा बसाइए।"

—"पुलिस का थाना होगा, चार चौकियाँ भी बनेंगी !"

—"बनने दीजिए न। पुलिस जानती है, किसे खुश रखना है। अब हम आदमी नहीं भेजेंगे। हमारा काम पुलिस ही करेगी।"

—"और ?"

—"टाउन में दुश्मन कौन है ?"

—"धरमवीर सिंह, मैनपुर का सुजा सिंह, विषाणपुर एस्टेट का कैलाश सिंह।"

—"पाँच सौ एकड़, तीन हजार एकड़, हजार एकड़—यानी जमीन के मामले में वे लारातु से बहुत नीचे हैं।"

—"लारातु तो पलामौ का सूरज है। सूर्यवंशी ! और प्रताप में भी सूरज है।"

—"तब भी, वे लोग समय के साथ चलना जानते हैं। सभी सरकार के ठेकेदार हैं। टाउन में रहते हैं, जमीन से चिपके नहीं रहते। कैलाश सिंह का भतीजा एडवोकेट है !"

—"यह सब क्यों कह रहे हो ?"

—"दुश्मन को दोस्त बना लीजिए।"

—"कैसे ? उनके पाँव पर पगड़ी रख दूँ ?"

—"सो क्यों ? धरमवीर की बेटी के साथ अमरजीत की शादी करा दीजिए। बेटा बीस साल का हो गया, उसका खून बहुत गर्म है।"

—"तहसीलदार !"

कुँवर ने एक पीतल का गुलदस्ता उठाकर तहसीलदार सिंह की ओर फेंका था। तहसीलदार ने उसे हवा में ही लपक लिया और मेज पर रख दिया। उसने हाथ जोड़कर कहा, "इससे लारातु का भला होता।"

—"दुश्मन के साथ ?"

—"मालिक परवर ! लड़ाई में कब ताक़त चाहिए और कब बुद्धि, इसे समझना पड़ता है। आपका जितना अपमान हुआ है, उसे तो आप सहेंगे नहीं।"

—"नहीं, जलाकर ख़ाक कर दूँगा।"

—"मैं भी तो यही चाहता हूँ। और आप तो ताक़त के बल पर ही शत्रु का दमन करना चाहेंगे ?"

—"अवश्य।"

—"धरमवीर फिर लिखेगा, दुबारा ज़रूर शोर मचेगा। वह पालिटिक्स करना चाहता है।"

—"करे ! मैं उसे..."

—"नहीं मालिक, नहीं ! राजपूतों को एकजुट होना पड़ेगा। धरमवीर का वंश अच्छा है। जमीन कम है, किंतु आय अच्छी है। मैंने यह भी सुना है कि अपने लेखन के कारण समाज में उसकी काफी मिट्टी पलीद हुई है। आपके पास आने में उसे संकोच हो रहा है। लेकिन वह आप तक पहुँचने का रास्ता ढूँढ़ रहा है।"

—"किसने कहा ?"

—"मेरे कानों तक सारी बातें पहुँच जाती हैं। हमारे वकील से ही तो कहा है। बोला है, कुँवर से क्षमा माँगूँगा, किंतु हिम्मत नहीं पड़ती।"

—"तो तुम कहना क्या चाहते हो ?"

—"उसके वंश में तो यह एक ही कन्या है। उसकी शादी हो जाए तो वह ज़िंदगी में फिर आपसे दुश्मनी नहीं करेगा। उसके वंश में पुलिस अधिकारी, एडवोकेट, क्या नहीं हैं ? बेटी की शादी होने पर आपके मित्र उसके मित्र होंगे, आपके दुश्मन उसके दुश्मन। आपकी बिरादरी बढ़ेगी। लोकबल तो चाहिए। बहुत सोच-विचार करने के बाद ही मैं ऐसा कह रहा हूँ।"

—"सोचूँगा, सोचकर बताऊँगा।"

—"कन्या के मामा एम.एल.ए. हैं, यह भी सोचिएगा।"

—"सोचकर देखूँ। किंतु बेटे की शादी का प्रस्ताव लेकर तो हम लोग नहीं जा सकते।"

—"आपको यह सब सोचने की क्या ज़रूरत है ? आपकी मर्यादा रखते हुए यह सब वे लोग ही करेंगे। उसकी बिरादरीवाले काफी घबरा गए हैं। वह खुद भी तो पछता रहा है कि मैंने यह क्या किया ! पूर्वजों ने कहा है—

'लारातु से की जो दुश्मनी
तो पलामौ छोड़ भाग जाओ कहीं।' "

कुँवर की बाँछें खिल गईं, कुछ दाँत दिखाई पड़े। यही उनकी मुस्कराहट थी। बोले, "आख़िर यह बात उसे याद आई ?"

—"कन्या नापसंद होने लायक नहीं।"

—"सोचूँगा, सोचकर बताऊँगा।"

—"राजपूत बिरादरी के लोगों को एकजुट होना ही पड़ेगा। ब्राह्मण पांडे लोग छाटन और मैबनिया एस्टेट के मालिक भी बन गए। जमीन भी बढ़ा रहे हैं, यह भी चिंता की बात है।"

—"ब्राह्मण-पांडेओं के बारे में भी सोचना पड़ेगा ?"

—"सब पालिटिक्स में घुस रहे हैं। नहीं तो क्या मुक्तेश्वर पांडे राज्यमंत्री बन पाता ?"

—"पालिटिक्स में है क्या ?"

तहसीलदार मन ही मन कहता है, हाय मूर्ख ! किंतु मुँह से, विनय के साथ बोला, "आजकल पालिटिक्स ही तो सब कुछ है मालिक !"

—"पालिटिक्स ?"

—"पालिटिक्स रंक को राजा बनाता है। राजा को रंक ! और बिहार में पालिटिक्स का मतलब है जात की लड़ाई। आपस में चाहे जितना विवाद हो, जात पर चोट पड़ते ही एकजुट होना पड़ेगा। सुजा सिंह और कैलाश सिंह भी ऐसा ही कह रहे हैं। मैंने इनका नाम क्यों लिया, आप समझ गए होंगे।"

—"मैनपुर एस्टेट, विषाणपुर एस्टेट !"

—"अभी दुश्मन हैं, किंतु वह दुश्मनी तो होली में हुई थी, तीन पुरखा पहले। अब पालिटिक्स बहुत तरह की है। आरक्षित क्षेत्रों में सरकार छोटी जातवालों को ला रही है, खरोयार आदिवासी भी कहने लगे हैं कि वे पलामौ देश के मूल राजा थे। राघव खरोयार तो बड़ा नेता बन गया है।"

—"पैर की जूती को सरकार ही सिर की पगड़ी बना रही है।"

—"अपनी दोनों बेटियों का ब्याह अगर आप मैनपुर और विषाणपुर में दे सकें, तो आपके द्वारा राजपूत बिरादरी का बहुत कल्याण होगा। लारातु का गौरव पुनः लौट आएगा।"

—"मैनपुर ! विषाणपुर !"

—"सुजा सिंह का तो बेटा नहीं था, भतीजे को गोद लिया था। और कैलाश सिंह के दो बेटों की शादी हो चुकी है, छोटा अभी कँवारा है।"

—"विपाशा से कुछ ही बड़ा होगा।"

—"राजवंश में ऐसी शादियाँ कई बार हुई हैं।"

—"हाँ...खेत-भैंस-जंगल-एस्टेट !"

—"और सभी का यह मानना है कि सूर्यवंश से रिश्ता हो तो प्रतिष्ठा बढ़ जाती है। लेकिन आप यदि बेटियों के लिए शहर में दामाद तलाशना चाहते हों तो..."

—"मैं नहीं। कुँवरानी !"

—"पता नहीं आपके सालों की राय क्या हो ?"

—"उनकी राय मैं मानूँगा ? कभी नहीं।"

—"कुँवरानी खुश नहीं होंगी।"

—"लड़की का मालिक कौन होता है ? आज बाप, कल पति, अंत में बेटा ! तुम जाओ, मैं सोचकर देखूँ।"

लारातु के कुँवरमहल में तहसीलदार अब काफी शक्तिशाली बन गया था। कुँवर उसकी राय लेकर ही अपना काम करते।

लारातु अब तक, अँधकार में लिपटे पलामौ में भी, अपने गहनतम अँधेरे में छिपा हुआ था। पहले कुनारी भुँइन की हत्या को लेकर शोर-शराबा हुआ। अख़बारों में रिपोर्ट छपी। सर्चलाइट का निशाना लारातु की ओर घूम गया। सड़क निर्माण द्वारा बाहर से लारातु का सम्बंध स्थापित होने से लारातु अपने प्रागैतिहासिक समय से निकलकर सांप्रतिक बर्बर, हिंस्र समय में प्रवेश करेगा। इस लारातु में भी मध्ययुग ही क़ायम रहेगा, केवल थोड़े-थोड़े परिवर्तन ही घटेंगे।

तहसीलदार दूर की सोच रहा था। पथ और यातायात व्यवस्था सुगम होने पर वह पहले लकड़ी चीरने के लिए मशीन बैठाएगा, लकड़ी का कारोबार शुरू करेगा। उसके बेटे टाउन में पढ़ रहे थे, उन्हें नौकरी दिला देगा। किस्मत ने साथ दिया तो ट्रांसपोर्ट व्यवसाय खोलेगा। परमजीत सिंह कुँवर रहें, लारातु का मधु खुद तहसीलदार ही चूस लेगा। इसलिए बहुत ज़रूरी था कि कुँवर

गृहस्थी के कर्तव्य पालन में वयस्त रहें।

कुँवर के वकील ने ही नहीं, धरमवीर सिंह ने भी टाउन में तहसीलदार से बात की थी।

—"मैं तो अचरज में पड़ गया हूँ। इतनी इतनी ख़बरें ! यह सब तो मैं भी नहीं जानता था।"

धरमवीर, वकील, तहसीलदार तीनों मिलकर पुरानी किंतु हमेशा नई लगनेवाली फ़िल्म 'नागिन' देखने के बाद एक दुकान पर पान खा रहे थे।

धरमवीर की बातें सुनकर वकील ने कहा, "यह तो क़ानून की निगाह में अपराध है। जो ख़बर आपको मालूम नहीं, वह 'धरमज्योति' में छपी कैसे ?"

—" 'धरमज्योति' ने बड़े अख़बारों से समाचार 'लिफ्ट' किया था।"

तहसीलदार बोला, "छापा, अच्छा किया। अब सोचते क्यों हैं ? कुँवर की मिट्टी पलीद करना चाहते थे, सो कर चुके।"

धरमवीर बोले, "अरे तहसीलदार ! यही तो झमेला है। मैं कुँवर को बेइज़्ज़त करना नहीं चाहता था, लेकिन हो गया। अब दुश्मनी मिट जाए तो राहत की साँस लूँ।"

—"दिल्ली के अख़बारों को यह सब समाचार कहाँ से मिला ?"

—"क्या बताऊँ ? विशाल भुँइन रामाश्रय बाबू के घर पर रहता था। वह तो वहाँ से कब का भाग गया। अब बिरादरी में बातें उठ रही हैं, एम. एल.ए., राज्यमंत्री, मेरे भैया, सब कह रहे हैं कि राजपूत होकर राजपूत के पीछे पड़ना बहुत गलत काम था। मुझे घर पर भी ताने सुनने को मिलते हैं।"

पान की दुकान पर टँगी वैजयंतीमाला की तसवीर को घूरता हुआ तहसीलदार बोला, "राजपूतों में एका नहीं है। उधर देखिए, बरजू ने कितना बड़ा अन्याय किया और खेड़ा गाँववालों को भी अपने साथ भगा ले गया। हम सब अपनी जाति का गर्व बिसुरने लगे हैं।"

—"तो फिर क्या करना चाहिए ?"

—"राजपूत घराना तो गिना-चुना है। अब आपस में बेटी-बेटों की शादी रचाकर या जैसे भी हो आपस में रिश्ता क़ायम हो जाए तो कितनी बड़ी ताक़त बन जाए ! सब डरेंगे, सब मानेंगे।"

धरमवीर सिंह बोले, "हममें तो एकता है। स्वर्गवासी कुँवर के जमाने में भी यह परंपरा थी। ये कुँवर किससे संबंध रखते हैं ?"

—"वे इस समय के तौर-तरीके नहीं समझते। किंतु अमरजीत बाप की तरह नहीं होगा। वह ठेकेदारी करेगा, धंधा करेगा, बहुत आइडिए हैं उसके।"

वकील बोले, "कुँवर उसकी शादी के बारे में भी सोच रहे हैं।"

तहसीलदार बोला, "वही तो मैं कह रहा था। सूरजवंशी घर की बेटी भी अच्छी होती है, बेटा भी अच्छा होता है। कुँवर के साले लोग तो राँची, धनबाद, टाटा वगैरह से कितने ही रिश्ते ला रहे हैं। लेकिन कुँवर एक ही रट लगाए है, जिले में ढूँढ़ो। कहते हैं, देखूँगा, वकील बाबू देखेंगे !"

—"लड़के की जन्मपत्री ठीक है ?"

—"बहुत अच्छा है।"

—"सुना है, बेटियाँ खूबसूरत हैं।"

—"बेटे को तो आपने देखा है, चेहरा कुँवर जैसा किंतु रंग माँ पर गया है।"

यह मेल बहुत नयनसुख नहीं है, किंतु धरमवीर इस बात को उगल नहीं सके। बोले, "यह तो सभी को मालूम है। बड़ा घर है, बड़ा वंश है, राजपूत बेटे का चेहरा कौन देखता है ?"

वकील ने पूछा, "बेटी की शादी के बारे में सोच रहे हैं ?"

—"सोच तो सभी रहे हैं। उसकी माँ की जिद है कि बेटी का रिश्ता कहीं दूर में नहीं करेंगे।"

—"तलाश कीजिए ! तलाशते रहिए।"

—"जिले में तलाशने से तो सभी लड़के पहचान के हैं। बेटियाँ अब सिनेमा देखती हैं, माँ से बोली हैं कि उन्हें मॉडर्न पति चाहिए। अरे ! गृहस्थी करेंगी, बच्चों की परवरिश करेंगी, माडर्न पति होने पर भी वही करेंगी और मालिक घराने में जाने पर भी वही करेंगी ! मेरी खुद की इच्छा तो यही है कि ऐसा घर मिले कि आते-जाते बेटियों को देख सकूँ। और पान लीजिएगा ?"

—"नहीं धरमवीरजी। अब हम चलें !"

टाउन में कुँवर का जो मकान है, उसके आउट-हाउस में तहसीलदार की माँ, बीवी और बच्चे रहते हैं। उसी ओर बढ़ते हुए तहसीलदार ने वकील से कहा, "वही कीजिए जिससे लारातु का मंगल हो। नहीं तो मैं कहाँ और आप कहाँ !"

—"कुँवर यदि..."

—"कुँवर कभी नहीं सुधरेंगे। नहीं तो कोई पत्रकारों को नाराज़ करता है ? जो चाहो करो, किंतु सबसे संपर्क तो साधे रहो, ताकि लोगों का साथ रहे। हम उन्हें सुधार नहीं सकते, फिर भी उन्हें लेकर ही तो हमें चलना होगा।"

—"देखूँगा देखूँगा। लेकिन वे शिकारखानावाली घटनाओं पर तो लगाम लगाएँ।"

—"कौन कहेगा उनसे ?"

इस तरह की बातचीत के उपरांत ही कुँवर के यहाँ धरमवीर सिंह की बेटी लाजवंती की शादी का प्रस्ताव आया। कुँवर की ओर से भी सुजा सिंह और कैलाश सिंह के पास गोमती व विपाशा की शादी का प्रस्ताव गया।

लाजवंती और उसकी माँ की घोर आपत्ति के बावजूद धरमवीर सिंह बोले, "यह शादी होगी। जन्म कुंडली के अनुसार यह बहुत आदर्श जोड़ी होगी, बेटी को सुख मिलेगा। और परिवार के सभी बड़े-बूढ़े इसमें एक मत हैं कि यहाँ शादी होने में ही मंगल है।"

लाजवंती आँसुओं में तैरती रही। लारातु में शादी होने का मतलब निर्वासन में जाना था। लारातु महल में जो भी बहू बनकर गई, वह ज़िंदगी भर फिर बाहर नहीं निकल सकी। उसे परदादी की याद आ रही थी, जो बताती थीं कि बहुत परिवारों में बेटी का जन्म होने पर शिशु-कन्या को मार डालने का रिवाज़ था। वह माँ से बोली, "यही दिन देखना था तो तुमने मुझे मार क्यों नहीं डाला ?"

माँ बेटी की पीठ पर हाथ फेरकर उसे दिलासा देतीं। गृहस्थी का कोई काम तो उनकी मर्जी से नहीं होता था। वे बोलीं, "पिताजी बहुत सोच-विचार

करके ही तेरी शादी दे रहे हैं, तेरा अवश्य ही मंगल होगा।''

गोमती और विपाशा की माँ की सारी विनतियाँ भी कुँवर ने दर्प के साथ ठुकरा दीं। गोमती और विपाशा को बड़ी होने के बाद शायद ही साल में एक-आध बार पिता से बातचीत करने का मौका मिला हो। यद्यपि राजपूतों का पलामौ में पदार्पण कभी अतीत में हुआ था, जब रेल-लाइन नहीं बिछी थी, जंगली हाथी, जंगल और काले-काले लोगों के सिवा वहाँ कुछ भी नहीं था, फिर भी लारातु अब भी विक्रम संवत् में निर्वासित रह गया था। प्राचीन राजवंश की प्रथा के अनुसार बेटा भी अंदर महल में कम ही जाता। भाई-बहन या माँ-बेटा या बाप-बेटी के बीच कोई सहज घरेलू संबंध था ही नहीं। कुँवर अब भी प्राचीन-पंथी थे।

बेटियाँ माँ के पास ही रोईं-धोईं।

माँ पति से बोली, ''आप अभी इनके हाथ पीले करना चाहते हैं तो मेरे भाइयों से कहिए। वे टाउन में कोई अफ़सर दामाद ढूँढ़ेंगे।''

—''क्यों ?''

—''बेटियों की पसंद-नापसंद भी तो कोई चीज़ है।''

—''बेटियों की पसंद ! बेटियों को ये घर पसंद क्यों नहीं ? मैनपुर और विषाणपुरवाले दीवाली के समय सिनेमा देखने जाते हैं, घर पर मोटरगाड़ी भी है।''

—''लड़के तो सिर्फ़ ज़मींदारी का काम देखते हैं।''

—''यह तो बहुत अच्छा करते हैं।''

—''कैलाश सिंह ने अपनी पहली पत्नी को मार डाला था। यह जानकर भी आपको डर नहीं लगता ?''

—''वह साहब के सामने निकली थी, साहब ने उसका फोटो खींचा था, फोटो अख़बार में छपी थी, इससे कलंक फैल गया था। कौन राजपूत चाहेगा कि उसकी बीवी की तसवीर सब कोई देखे ?''

—''आप मेरी कोई बात नहीं सुनेंगे ?''

—''नहीं, कुँवर वंश औरतों की बात पर नहीं चलता।''

—''बेटियों को तो फिर कभी हम देख भी नहीं पाएँगे।''

—''उनकी दया होगी तो देखने देंगे। शादी के बाद बेटी के विषय

में मायकेवाले कुछ भी न कहें तो बेहतर।"

—"मेरे भाई लोग तो..."

—"बीवियों को लेकर घूमते हैं, साइकिल पर चढ़ाकर पढ़ाने ले जाते हैं, उनकी चाल-चलन के विषय में कुछ न कहो तो अच्छा।"

—"गोमती वगैरह की उम्र अभी अठारह साल भी नहीं हुई।"

—"सोलह और चौदह ! अब बात न बढ़ाओ।"

—"नहीं, और नहीं कहूँगी।"

विवाह लगातार एक के बाद एक होना तय हुआ। बेटे की शादी होगी, बहू आएगी। उसके बाद ही कन्याओं का ब्याह, विदाई। घर की पुताई, रंग-वार्निश आदि का काम संपन्न हुआ। सगे-संबंधियों से घर भर उठा। कुँवर ने कहा, "ऐसी धूमधाम करो कि लोगों को याद रहे।"

धनबाद से बैंड-पार्टी आई। टाउन के कमिश्नर, दारोगा तथा अन्य बड़े-बड़े अधिकारियों को निमंत्रण मिला। टाटानगर से किराए पर मोटर गाड़ियाँ मँगाई गईं। रोशनी की चकाचौंध, पटाखे व आतिशबाजी सारा इंतज़ाम था। झुझार, नाढ़ा, कोकार, गायबनी, चैतपुर, माकापुरा, बड़ाटोली से प्रजा व कमिया आए, उन्होंने रसोई के लिए लकड़ी पहुँचाई, उत्सव-प्रांगण की सफाई की, एक-एक रुपया सम्मान-दक्षिणा दिया और बदले में चिवड़ा व गेहूँ का लड्डू अपनी धोती की खूँट में बाँधकर ले गए।

गोमती और विपाशा रोती हुईं अपनी-अपनी ससुराल चली गईं, लाजवंती रोती हुई अपने ससुराल पहुँची। राजपूत बिरादरीवाले कहने लगे, यह वाक़ई हमारा एक मिलन यज्ञ था।

कलक्टर ने कुँवर से कहा, "आप सड़क निर्माण के विरोधी थे, अब देख रहे हैं न—लारातु पहुँचना कितना आसान हो गया है।"

कुँवर बोले, "हाँ, सो तो हुआ है।"

—"बेटे को आई. ए. एस. में क्यों नहीं बैठाते ?"

—"वह सिंह राशि का है, यूँ ही बहुत ऊपर पहुँचेगा।"

वकील और तहसीलदार ने एक-दूसरे को शाबाशी दी। तीन प्रतापशाली राजपूत परिवारों का लारातु से संबंध जोड़ने में उन्हें कम मेहनत नहीं करनी पड़ी थी।

कुँवर बोले, "धरमवीर जी, इस शादी का ब्योरा 'धरमज्योति' अख़बार में बहुत विस्तार से छापेंगे न ?"

—"हाँ, हाँ, विस्तार से तो लिखूँगा ही। समय बदल रहा है। ईश्वर की अनुकंपा हो तो 'धरमज्योति' पटना ले जाऊँगा। अब अख़बार हाथ में हो तो समझिए कि हथियार हाथ में है।"

—"ऐसा ही कीजिए, ऐसा ही कीजिए। यह गाँठ बाँध लीजिए कि बुरे ग्रहों का प्रभाव छँट रहा है, आगे कई वर्ष तक आपका समय अच्छा बीतेगा।"

धीमे स्वर में धरमवीर सिंह बोले, "चलिए, थोड़ा घूम आएँ।"

रोशनी से चकाचौंध महल के सामने बाग था, उससे आगे दाईं ओर निगाह पड़ते ही घना जंगल दिखता, जिसकी शुरुआत वहीं से थी।

वन की ओर देखते हुए धरमवीर सिंह बोले, "कुनारी भुँइन और उसका बच्चा तो वहीं मरे थे ?"

—"धरमवीर जी !"

—"आपकी कलाई थामकर कह रहा हूँ, कृपया मेरी बात सुनिए। लाजवंती की शादी से पहले मैं एक बहुत बड़े तांत्रिक के पास गया था। उन्होंने कहा, और ऐसा पुराने जमाने के लोग भी कह गए हैं, कि छोटी जातवालों का रक्तदान करने से भूमि प्रसन्न होती है। लारातु की मिट्टी इसीलिए अब बहुत सुलक्षणा है। इस जानकारी से मुझे जो खुशी मिली, क्या बताऊँ !"

—"यह बात सरकारी अफ़सरों को समझाइए !"

—"इनकी जानकारी ही कितनी है ?"

—"चलिए, अंदर चलें।"

—"महल कितना खूबसूरत लग रहा है !"

—"आपकी बेटी कैसी दिख रही है ?"

—"लक्ष्मी जैसी।"

—"सात लहरी के वे सात लॉकेट असली बादशाही मोहरें हैं, हमारे पुरखों की चीज़ है।"

—"आपके ही घर पर रहेगा।"

—"बेटी के लिए फ़िक्र मत कीजिएगा।"

—"अब यह सोच तो आपका है। यूँ लाजवंती बहुत सुशील और शांत लड़की है।"

—"मुझे नाती चाहिए, जो कुँवर वंश को आगे बढ़ाएगा।"

—"मैं भी तो दौहित्र चाहता हूँ।"

आतिशबाजी से आसमान उद्‌भासित होने लगता है, रोशनी के फव्वारे ऊँचाई तक उठते हैं।

कुँवर का मन उल्लास से भर उठा। छोटी जात का रक्त पाने से भूमि प्रसन्न होती है ? वे सोचने लगे, एक बार दिन फिरे तो वे पलामौ की मिट्टी को अंत्यज रक्त का अर्घ्य चढ़ाकर हमेशा प्रसन्न रखेंगे।

3

आज बीस साल बाद कुँवर को सब कुछ याद आ रहा था। अब वे अंदर महल में शायद ही कभी जाते। कुंवरानी देवता का विग्रह स्थापित करवाने के बाद से देवालय में ही पड़ी रहतीं। बातचीत भी नहीं करतीं। दिन में केवल एक बार भोजन करतीं। देवालय से संलग्न कमरे के फ़र्श पर सोतीं।

कुँवर जब विग्रह को प्रणाम करने जाते, कुँवरानी का शीर्ण चेहरा और मूक दृष्टि जैसे उनका तिरस्कार करती रहती।

कुँवर ने सुना था कुँवरानी डॉक्टर या वैद्य, किसी की भी दवाओं का सेवन नहीं करती थीं। लाजवंती को चाभी का गुच्छा थमाकर उन्होंने खुद को गृहस्थी से मुक्त कर लिया था। पति से बातचीत तो कई साल पहले बंद हो गई थी, अब बेटे से भी बहुत कम ही बोलतीं। लाजवंती ही सास की सेवा करती।

कुँवर समझते सब थे, लेकिन उन्हें इन बातों की परवाह नहीं थी। वे कर भी क्या सकते थे ? सोलह साल की उम्र में ब्याही गई गोमती अगर अठारह साल की उम्र में जुड़वाँ बच्चे जनते समय मर गई तो कुँवर का क्या दोष ? वे बच्चे जी गए थे, अब बड़े भी हो गए। गोमती के पति ने दुबारा शादी की थी। क्या वह घर सूना रख देता ? प्रसव के समय मौत, यह तो स्वाभाविक घटना थी। किंतु कुँवरानी को यकीन था कि गोमती अस्पताल भेजी जाती तो मरती नहीं।

अब ससुरालवाले जैसी व्यवस्था करेंगे, वैसा ही होगा न। कुँवरानी यही नहीं समझती थीं।

उधर विपाशा के ससुर उसे मायके नहीं भेजते। उनके वंश का जो नियम है, वही मानना पड़ेगा न ? और विपाशा का पति अपनी उप-पत्नी के साथ ही रहता है। यह तो विपाशा की किस्मत में बदा था। भला होनी को कोई टाल सकता है ?

लाजवंती को पाकर ही कुँवरानी को सुखी रहना चाहिए था। किंतु घटना तो यह भी थी कि बेटा अमरजीत अपनी पत्नी के इशारे पर चलता था।

अमरजीत पिता की आज्ञा का पालन नहीं करता था। कुँवर को जो कुछ अच्छा लगता, वही अमरजीत को नापसंद था।

वह ट्रैक्टर से खेती करना चाहता था। उसने घर के पुराने असबाब बेच दिए थे, जो बचा था उसे भी बेचना चाहता था।

उसने बच्चों को राँची के हॉस्टल में रखकर शिक्षा दिलाई। बड़ा बेटा शायद इंजीनियर बनेगा, छोटा बेटा बनेगा पुलिस अफसर। यह लाजवंती की ही मंत्रणा थी कि आजकल कुछ भी करने के लिए शिक्षित होना ज़रूरी है।

वे मोटर में चढ़कर शहर जाते—सिनेमा देखने। उन लोगों का चाल-चलन, रहन-सहन, सब कुछ अलग ही ढंग का था।

कुँवर की तरह अमरजीत की नारी के गोश्त की और आदमी के शिकार की भूख उतनी प्रबल नहीं थी। लेकिन उसकी रुपए की भूख बहुत प्रबल थी।

अमरजीत ही नहीं, राजपूत घराने की अगली पीढ़ी ही मानो विक्रम संवत् में टिके रहने के खिलाफ थी।

कुँवर यह समझ गए थे कि अमरजीत इस क़िले के महल जैसे पुराने मकान को नहीं रखेगा। उसने माँ से कह ही दिया था कि आधुनिक फैशन का मकान बनवाएगा। जैसा सिनेमा में दिखाते हैं।

फ़िल्मों के प्रति अमरजीत और उसकी पत्नी का आकर्षण बहुत ज्यादा था। फ़िल्म में ऐसी क्या ख़ास चीज़ थी ? उसमें नया क्या था ? आजकल कुँवर कभी-कभी राँची जाते। वहाँ एक एम.बी.बी.एस. डॉक्टर थे, उनकी डॉक्टरी नहीं चली तो देशज दवाइयों में आस्था रखकर वे वैद्याचार्य बन गए। कुँवर उन्हीं के पास जाते। राँची में उन्होंने बहुत-सी फ़िल्में भी देखीं।

उन्होंने एक दिन अमरजीत से कहा था, "सिनेमा में क्या दिखाते हैं ? राजपूत और ठाकुरों की बुराई ! वे जुल्म कर रहे हैं, गाँव जला रहे हैं, लोगों को मार रहे हैं, यही न ? अरे यह तो होता ही है ! ये सब दिखाने की क्या ज़रूरत है ?"

—"सब फ़िल्में क्या एक जैसी होती हैं ? अलग-अलग कहानियों पर फ़िल्में बनती हैं !"

—"सिनेमा और अख़बार ! अख़बार खोलो, हरिजन पर अत्याचार, छोटी जातवाले को वोट डालने नहीं दिया ! देश में क्या और कोई ख़बर नहीं रहती ?"

—"यह सब पालिटिक्स है, बाबूजी !"

—"देखो अमरजीत ! तुम्हारी जड़ यह जमीन है ! तुम जो कुछ बने हो, इसी की बदौलत। अब ज़मीन पर कब्जा रखना हो तो मेरे बताए रास्ते चलना पड़ेगा। याद रखना, यह समय भी बहुत बुरा है।"

—"क्यों, समय को बुरा क्यों कह रहे हैं ?"

—"अब तुम्हें मैं क्या समझाऊँ ?"

कुँवर का रक्त तभी क्षुधार्त होता है, जब समय बुरा होता है। और तभी वे वह स्वप्न देखते हैं। कुनारी भुँइन को वे खदेड़ते हुए ले जा रहे हैं। कुनारी हिरणी की तरह भाग रही है। ये बातें वे अमरजित को कैसे समझाते।

समय तो बुरा ही था। नहीं तो किसने सोचा था कि उन्नीस सौ अस्सी का साल बीतते न बीतते पलामौ की धरती पर इस तरह विद्रोह सिर उठाएगा ?

यह सोचते ही लारातु के कुँवर के खून में आग लग जाती, दावानल की तरह वह धधक उठता।

बीस साल पहले जब शादी के उत्सव के समय कुँवरमहल रोशनी से जगमगा उठा था, उस समय भी कुँवर, राजपूत और ब्राह्मण जमींदार, और गाँव-गाँव के भू-स्वामी महाजनों को कई बातों की भनक भी नहीं थी।

भारत सरकार ने बंधुआ प्रथा समाप्त कर दी। समाप्त ही नहीं की, डिप्टी कमिश्नर ने धूमधाम के साथ सेसरा गाँव के सौ से अधिक बंधुआ मजदूरों को मुक्त भी कर दिया। किंतु वास्तव में यह क़ानून सफल नहीं हो

पाया। दास प्रथा समाप्त होती भी कैसे जब मिट्टी अनुपजाऊ हो, लोगों के पास अनाज न हो, और मालिक की ज़मीन पर काम करने के सिवा उनके पास दूसरा चारा न हो ? इसीलिए दास भी थे, मालिक भी थे। लेकिन भारत सरकार ने जो क़ानून पारित किया, उसी ने कुँवरों के गाल पर तमाचा जड़ दिया।

भारत सरकार की रिसर्च टीम पलामौ पहुँचने लगी तो उनका ताँता ही लग गया। और फिर दास प्रथा का अज्ञात व अँधकारमय इतिहास भी लिखा जाने लगा।

ऐसा होगा, यह उस दिन कोई सोच भी नहीं पाया था जब कुँवरमहल में रोशनी की चकाचौंध थी, पटाके फोड़े गए थे और बैंड पार्टी ने सिनेमा की धुनें बजाई थीं—'तन डोले, मेरा मन डोले' तथा 'ये ज़िंदगी उसी की है।'

कोई नहीं सोच पाया था कि बंधुआ लोग भी अपनी संस्था बना लेंगे। किसी को गुमान नहीं था कि शिवाजी मैदान के गाँधी हॉल में बंधुआ मजदूर एक विशाल जनसभा करेंगे। डालटनगंज शहर के बीच से कई हजार दास परचम लिए नारा लगाते हुए बढ़ते जाएँगे और डिप्टी कमिश्नर का घेराव करेंगे।

धरमवीर सिंह ने उसाँस छोड़कर कुँवर से कहा था, "बाहर की ज़हरीली हवा पलामौ में पहुँच गई है। देख लीजिएगा, अब कुछ भी पहले की तरह नहीं रहेगा।"

अनल तलवार ने लिखा था, "पलामौ की मिट्टी के नीचे असह्य ताप बहुत दिनों से जमता रहा है। बंधुआ मज़दूरों का यह प्रतिवाद कि 'बंधुआ प्रथा खतम करो, बेगारी नहीं चलेगी', मिट्टी के उसी उत्ताप की सामान्य अभिव्यक्ति भर है। अब देखना यह है कि कब आग धधक उठती है।"

भारत सरकार ने फिर एक दुश्मनी की।

डालटनगंज होकर जानेवाली ट्रेन को पंजाब से जोड़ दिया।

कैलाश सिंह बेटी की शादी का निमंत्रण देने आए तो धरमवीर से बोले, "अब काफी सुविधा हो गई। तीर्थयात्रा पर जाने में सहूलियत होगी।"

कैलाश सिंह कुछ सालों के अंतराल में तीर्थयात्रा पर निकलते। इस तरह वे पुण्य अर्जन कर ही रहे थे और आगे भी उन्हें पुण्य अर्जन करना

था। उनकी गोशाला जितनी बड़ी थी, उनकी गो-संपदा की जितनी ख्याति थी, उतनी ही प्रसिद्धि उनके घर के रक्षक नाग देवता या एक पुराने शंखचूड़ साँप की थी। वह अपने समय से निकलता, दूसरे साँपों को पकड़कर लीलता, और फिर अपनी दरार में घुस जाता। नाग था देवता, गैया थी देवी। किंतु दुखद बात यह थी कि नाग देवता कभी-कभी गाय की पूँछ को खाने लायक साँप समझकर उसे निगलने के लिए मुँह फैलाता, फिर भ्रम टूटने पर उस गाय को काट देता। ऐसा कई बार हुआ। अब साँप भी चाहिए, गाय भी चाहिए, किंतु इस तरह गो-माता की मौत से नाग देवता को नहीं, मालिक को पाप लगता। इसीलिए कैलाश सिंह तीरथ पर जाते। गोशाला दूर हटाकर भी फ़ायदा नहीं हुआ। बुढ़ापे में भी नाग देवता बहुत चुस्त थे और उनकी पहुँच सर्वत्र थी।

कैलाश की बातें सुनकर धरमवीर बोले, "अब सत्यानाश हो जाएगा।"

—"कैसे ?"

"बंधुआ मजदूरों को लेबर-ठेकेदार भगा ले जाएगा। वे भागना शुरू करेंगे।"

हुआ भी ऐसा ही। दो-चार घर से शुरू होकर गाँव का गाँव उजड़ने लगा।

रामाश्रय ने अनल तलवार से कहा, "बेहद तकलीफ़ें होंगी इन्हें। भोजन भले जुट जाए, पैसे कम ही मिलेंगे। फिर भी जाएँ। पलामौ के अलावा भी देश में जगह है, गरीबों के शोषण की कितनी रीतियाँ हैं, देख आएँ। कुछ ज़ानकारी तो बढ़ेगी। यहाँ क्या है ? पहले जंगल था, लकड़ी लाकर बेचते थे। अब उन्हीं लोगों का कहना है, 'जंगल भी गया, हम भी गए !' "

"अब वे इस बात से नहीं डरते कि कुँवर को मालूम हो जाएगा ?"

"काहे का डर ? लेकिन पलामौ की मुक्ति इस तरह नहीं होगी, जब तक कोई सही रास्ता न दिखाए। कुँवर जानेगा ? क्या जानेगा ? रामाश्रय नाम के एक व्यक्ति ने बँधुआ विशाल भुँइया को अपने घर में रखा था, बेगारी समाप्त हो यह उसका बहुत बड़ा सपना था। और भारत सरकार के क़ानून

का उसने स्वागत किया था...स्वागत किया था...।"

"भैया ! तुम भावुक बन रहे हो।"

"भावुकता नहीं अनल, गुस्सा, अक्षम गुस्सा। क़ानून बना देने से कुछ नहीं होता, क्योंकि क़ानून बनाकर..."

"कमियौती बंद नहीं की जा सकती। भारत सरकार भी यह नहीं चाहती। बंद हो जाए तो ये सब मालिक-महाजनों का क्या होगा ! लारातु के कुँवर तो अकेले नहीं हैं ? गाँव-गाँव में दस-बीस-पचास बीघे के मालिक भी तो छोटे-मोटे कुँवर ही हैं। सभी आदमखोर हैं।"

"सही बात।"

"भैया, क़ानून अमल में लाया जाए तो निहित स्वार्थ को चोट पहुँचेगी। कोई सरकार निहित स्वार्थ के ख़िलाफ़ कुछ नहीं करेगी, करना चाहेगी तो सरकार का आसन डोल उठेगा।"

"इसीलिए तो..."

"आंदोलन चाहिए, आंदोलन। ऐसा आंदोलन..."

"कमिया दासों के इस चौपाल को छोटा मत करो, अनल। इन्होंने साहस दिखाया, आगे बढ़े।"

"दूसरा आंदोलन चाहिए। बिहार में आंदोलन तो चल ही रहा है ! भोजपुर और दूसरे कृषि क्षेत्र में नक्सल आंदोलन चल रहा है, सिंहभूम के राँची में झारखंड आंदोलन चल रहा है।"

"पलामौ में कब आंदोलन होगा ? जिस आंदोलन से पलामौ की मिट्टी भी बोलने लगे ?"

"ज़रूर होगा।"

"तुमने ठीक कहा था। लारातु का कुँवर अकेला नहीं, बहुतेरा है। ये लोग जीवाणु की तरह हैं।"

अनल तलवार ने कहा था, "लोगों को प्रस्तुत रहना होगा। आंदोलन दमन करने के समय प्रशासन, पुलिस आदि सभी मालिकों के पक्ष में रहेंगे।"

"वही तो पालिटिक्स है।"

"और हिंदीभाषी इलाके में पालिटिक्स तो जात-पाँत की भी है। जितने वर्ण हिंदू हैं, सब पुलिस में और प्रशासन में हैं। वे जात-पाँत देखते हैं। मालिक

के साथ रहने के पीछे उनका जाति-स्वार्थ और श्रेणी-स्वार्थ, दोनों हैं। आखिरकार यह श्रेणी संग्राम ही तो है।''

''यहाँ कब आएगा आंदोलन ?''

''आएगा, आने ही वाला है।''

''आए। मुझसे तो और कुछ नहीं होगा, देख जाऊँ, यही बहुत है।''

पहुँची थी आंदोलन की हवा। सचमुच पहुँच गई थी। कुँवरों ने सोचा भी नहीं था कि आठवें दशक के अंत से लेकर नौवें दशक तक पलामौ की मिट्टी को यह आंदोलन यूँ झकझोरकर रख देगा।

रामाश्रय ने कहा था कि वह भारत के नक्शे में पलामौ जिले का स्थान चिह्नित करना चाहता है। उससे जितना बन पड़ा था, उतना उसने किया भी था। कई साल तक दिल्ली से आनेवाले दलों के साथ गाँव-गाँव में चक्कर लगाकर उसने उन्हें दास प्रथा का नंगा चेहरा दिखाया था। जो भी आता, उसी के घर पर टिकता। पत्नी गीता से रामाश्रय को पूरा सहयोग प्राप्त था। स्कूल में पढ़ाने के साथ ही वह बच्चों की देखभाल, गृहस्थी के कामकाज आदि अकेली ही निबटाती थी। मालिक की अवहेलना से रामाश्रय का प्रेस तो निरंतर नुकसान ही उठाता रहा।

अनल तलवार को ये सारी बातें मालूम थीं। उसने कहा था, ''देख लीजिएगा, आंदोलन पलामौ भी पहुँचेगा।''

रामाश्रय ने खेतों में कमिमौती या दास प्रथा देखी थी। रेलमार्ग का विस्तार होते ही उसने पलामौ जिले में लेबर-ठेकेदार के दलालों को घुसते देखा।

पलामौ में जब दूसरी बार बँधुआ मजदूरों का सम्मेलन हुआ तब पुलिस वहाँ सात ऐसे बच्चों को ले आई थी जिन्हें लेबर-दलालों ने 'भरपेट भोजन मिलेगा' कहकर मिर्जापुर के कालीन कारखानों में पहुँचा दिया था। सात से दस वर्ष तक उम्र के इन बच्चों का पुलिस ने वहाँ से उद्धार किया था। इन बच्चों के शरीर पर गरम लोहे से दागे जाने के चिह्न थे जो कालीन के कारखाने के मालिक की निर्दयता की कहानी कहते थे।

चूँकि सम्मेलन में प्रेसवाले भी मौजूद थे, उन्होंने इस बात का काफी प्रचार किया कि पलामौ में दास प्रथा जारी रहने के कारण ही भूख से तड़पते

बच्चों को इस तरह कसाईघरों में जाना पड़ता है।

कुँवर लोग यह सब देखते जा रहे थे।

धरमवीर सिंह ने पुलिस सुपर से कहा, "क्या ज़रूरत थी उन बच्चों को लौटा लाने की ? वे हैं तो बँधुओं के ही बच्चे। और हम लोगों के बारे में भी बहुत लिखा जा रहा है, क्योंकि बँधुआ हम ही लोग रखते हैं।"

पुलिस सुपर ठहाका मारकर हँस पड़े। बोले, "अरे ये तो सिर्फ़ सात ही बच्चे हैं ! जिले से हजारों लोग चले जा रहे हैं, पुलिस क्या कुछ कर रही है ?"

"क्यों नहीं करती ? लोग चले जाएँगे तो हमारी खेती-बाड़ी कौन सँभालेगा ?"

"पुलिस, बिहार की पुलिस बहुत ख़तरनाक है। कभी-कभी यह दिखाना पड़ता है कि पुलिस जनता के लिए सोचती है।"

"कुँवर ठीक ही कहते हैं कि सरकार का सारा सोचा आदिवासियों और छोटी जातवालों के लिए है। हम माँगते हैं तो हमें कोई मदद नहीं मिलती।"

"कुँवर साहब को कुछ याद नहीं रहता। कुनारी भुँइन की हत्या के बाद क्या पुलिस ने उन्हें कभी परेशान किया ?"

"नहीं।"

"ठाकुरों ने कम कमियाओं की हत्या की ? कम गरीब लड़कियों की इज्ज़त लूटते हैं ? पुलिस किसी शिकायत पर कुछ करती है ?"

"क्या वे शिकायतें भी करने लगे हैं ?"

"शिकायत दर्ज करानेवाले जुटने लगे हैं। अब वे भी थाने में पहुँचते हैं।"

"आप क्या कहते हैं ?"

"सुन तो रहे ही हैं। देखिए, पुलिस की मदद आप लोगों को मिलेगी। क्यों मिलेगी, कैसे मिलेगी और कब से मिलेगी, यह अभी आप लोगों को नहीं मालूम। लेकिन मुझे मालूम है। वक्त आने पर आप भी जान जाएँगे।"

"क्या कुछ होनेवाला है ? कुँवर ने कुछ किया ?"

"हमेशा कुँवरों के हाथ में ही तुरुप के पत्ते रहेंगे, यह ज़रूरी तो नहीं। अच्छा, अब आप जाएँ।"

इस बातचीत के कुछ समय बाद ही एक आश्चर्यजनक घटना घट गई। जो सरकारी परियोजनाएँ अमीर को और अमीर बनाती हैं तथा गरीबों को मारती हैं, उनमें सबसे अधिक स्वर्ण-संभवा नदी पर बाँध बनाने की परियोजनाएँ हैं। प्रथम पंचवर्षीय योजना के समय ही खेड़ी बाँध परियोजना की रूपरेखा बन गई थी। बाँध बनाने का मतलब ही होता है कि आदिवासियों के गाँव और खेती की जमीन डुबो दिए जाएँ।

खेड़ी बाँध परियोजना ने भी तीस आदिवासी गाँवों को मृत्युदंड दे दिया। चेरो और खरोयार आदिवासी कभी पलामौ के राजा थे। उनकी खेती के लिए साबारा नदी का पानी ही काफी था। अनल तलवार और अर्जुन सहाय साबारा और गेरोया गाँव के लगभग बीच में स्थित उस क्षेत्र की इकलौती प्राथमिक पाठशाला में मास्टर बनकर आए थे। उन दोनों को ही तब किसी शक्तिशाली नाम के आड़ की ज़रूरत थी। अनल तलवार का असली नाम किशोर राम था, वह वाकई हरिजन था। डालटनगंज के प्रतिष्ठित गाँधी हरिजन आश्रम की मदद से किशोर राम को साबारा के स्कूल में नौकरी मिली थी।

कुछ ही दिनों में दोनों शिक्षक वहाँ के जन-जीवन से घुलमिल गए थे। उन्होंने हाट में रघुवर खरोयार को मुँह में चोंगा लगाकर भाषण करते सुना तो उन्हें मालूम हुआ कि तीस गाँव के लोगों के अस्तित्व का संकट ही गाँववासियों के लिए सबसे अहम् मुद्दा है। रघुवर खरोयार विपन्नता के लहजे में बोलता रहा, ''मैं कोयल-कारो की बात जानता हूँ, खड़काइ बाँध की बात जानता हूँ, स्वणरिखा प्रकल्प के बारे में जानता हूँ। आखिर क्यों हर जगह के आदिवासी बड़ी-बड़ी बाँध परियोजनाओं में बाधा डाल रहे हैं ? क्योंकि सरकार हम लोगों के साथ खिलवाड़ कर रही है, सरकार के सारे आश्वासन फ़रेब हैं !

''खेड़ी बाँध योजना से सिंचाई का लाभ किसे मिलेगा ? किस आदिवासी को ? किस आदिवासी के पास जमीन रहेगी ? चेरो और खरोयार के जो आदिवासी कृषि में जुटे हैं उन्हें तो विस्थापित ही किया जा रहा है।

''जमीन के बदले में सरकार जमीन देगी ?

''नहीं देगी, कभी नहीं देगी।

"जमीन के बदले में रुपए देगी ?

"वह रुपया हम किससे वसूल करने जाएँगे ? हमें तो सरकार से लड़ना भी नहीं आता।"

अनल तलवार और अर्जुन सहाय को यह जानकर आश्चर्य हुआ था कि 'खेड़ी बाँध आदिवासी प्रतिवाद मंच' की स्थापना हो चुकी थी।

रघुवर ने कहा था, "क्यों न हो ? हमारा घर नहीं रहेगा, जमीन नहीं रहेगी।" फिर उसने जमीन पर थूककर कहा, "पाँच साल से सिंचाई विभाग का चक्कर काट रहा हूँ, कमिश्नर के पीछे चक्कर काट रहा हूँ, पर कुछ नहीं हो रहा।"

अर्जुन सहाय ने पूछा, "सरकार कितने रुपए देने को कह रही है ?"

"मेरे पास सब लिखा है।"

"सारे काग़जात लेकर रात में आओ, स्कूल में।"

रघुवर ने जैसे खुद से ही कहा, "आऊँगा। जब सारी कोशिशें कर चुका, यह भी सही।"

"लड़ना पड़ेगा, रघुवर।"

"भाई ! खड़काई बाँध संघर्ष का नेता गंगाराम लड़ने गया था, उसका खून हो गया। मैं बहुत दिनों तक मुखिया था, लोग मुझे मानते हैं। मैं ऐसी लड़ाई नहीं लड़ूँगा जिससे मेरे भाई-बहनों पर गोलियाँ चलें।"

"नहीं, वैसी लड़ाई नहीं, क़ानून के रास्ते लड़ना होगा। और यह लड़ाई तो सरकार से होगी। तुम लोग विस्थापित होने के लिए राजी हो, उचित मुआवज़ा चाहिए, यही न ?"

खेड़ी बाँध परियोजना के मसले पर इसी तरह आदिवासियों ने लड़ाई शुरू की थी। अर्जुन सहाय की कहाँ तक पहुँच थी, यह तब अनल तलवार को भी नहीं मालूम था। पटना में उसकी जान-पहचान थी, दिल्ली में संपर्क था। क्षतिपूर्ति का मामला बहुत दूर तक गया था।

जिस दिन कुँवर लोगों को मालूम हुआ कि तीस गाँव के सात सौ उन्नीस परिवारों में सभी परिवारों को नगद मुआवज़ा मिल गया है और इसके बाद भी उन्होंने घर और जमीन नहीं छोड़ी, बल्कि अन्यत्र जमीन खरीदने के बाद ही दो-चार परिवार के औसत से गाँव से जाने लगे हैं, तो कुँवरों के

आश्चर्य का ठिकाना न रहा।

रामाश्रय ने अनल और अर्जुन से कहा, "बधाई ! हजारों बधाइयाँ !"

अर्जुन ने मुस्कराकर कहा, "अब वे दबेंगे नहीं, एक के बाद एक आंदोलन में शरीक होंगे।"

"बहुत खूब ! पलामौ ने तो अगुआ का काम किया।"

"हाँ। भारत में जब भी किसी परियोजना पर काम होता है, आदिवासियों की जमीन हड़प ली जाती है। आज तक आदिवासियों को कभी न्याय नहीं मिला था। ऐसा पहली बार हुआ कि उन्हें मुआवज़ा मिला, वह भी पलामौ में।"

राजपूत बिरादरी में भी इस प्रसंग की चर्चा छिड़ी। बाँका एस्टेट से निर्वाचित एम.एल.ए. वरुण सिंह ने एक सभा का आयोजन किया था, वहीं वह चर्चा छिड़ी।

कुँवर बोले, "उन्हें लड़ने की हिम्मत कैसे हुई ? उन्हें कौन मशविरा देता रहा ?"

कैलाश सिंह बोले, "वे क्या कम चालाक हैं ? चेरो और खरोयार आदिवासी तो कई साल से टाउन में आवाजाही कर रहे थे।"

वरुण सिंह उप चुनाव जीतकर अत्यंत खुश था। इस सिंचाई परियोजना से उसकी तीन हजार एकड़ जमीन का अधिकांश भाग सींचा जाएगा। उसने कहा, "छोड़िए उनकी बातें ! रुपया मिला ! कितने रुपए मिले ? जमीन ख़रीदेंगे ! भू स्वामी लोग अपनी परती जमीन ऊँची कीमत में उन्हें बेचकर रुपए हथिया लेंगे। दलाल तो पीछे लग ही गए हैं। और ये जंगली भूत किसमें रुपए उड़ा रहे हैं। मालूम है ? प्लास्टिक के टेबिलफैन में, सेकेंड हैंड कपड़े-लत्ते में, आलतू-फालतू चीज़ों में।"

धरमवीर सिंह बोले, "बात यह नहीं। असल बात यह है कि इस घटना से उनका साहस बढ़ गया। इसका फल अच्छा नहीं होगा, अच्छा हो ही नहीं सकता।"

"वे गए कहाँ ?"

"जिससे जहाँ बन पड़ा, वहीं जा रहे हैं।"

"पता नहीं पलामौ में यह सब क्या शुरू हुआ।"

एस.पी. बोले, ''ऐसा कुछ भी नहीं हुआ जिससे आप लोग चिंतित हो रहे हैं।''

धरमवीर सिंह ने पूछा, ''यह आप क्या कह रहे हैं ?''

''ठीक ही कह रहा हूँ।''

बिरादरी के सदस्यों ने एक-दूसरे का मुँह ताका। एस. पी. राजपूत होने पर भी बिहार के नहीं थे। वे उत्तर प्रदेश के ठाकुर थे। उत्तर प्रदेश के ठाकुर बिहारी ठाकुरों को जंगली जानवर मानते थे, अपने बेटे-बेटियों का ब्याह उत्तर प्रदेश या राजस्थान में कराते। ऐसे पुलिस सुपर कुँवरों के उद्वेग की गहराई को कैसे समझ पाते ?

किंतु जब भी कुँवरों को ज़रूरत पड़ती, पुलिस सुपर उनकी भरपूर मदद करते।

नौवें दशक के मध्यभाग से पलामौ में तो तहलका ही मच गया। किसी और जाति के नहीं, राजपूत वंश के ही बिंदा सिंह के नेतृत्व में एक क्रांति फौज का गठन हुआ। इससे पहले किसी ने भी राजपूत-ब्राह्मण मालिकों और जमींदारों के ख़िलाफ़ जंग छेड़ने का इतने खुल्लम-खुल्ला ढँग से आह्वान पलामौ में नहीं किया था।

उन्हीं दिनों यह देखा गया कि थाना दर थाना गाँववासी जमींदार के लोगों को खाली हाथ लौटाने लगे थे। वे कहने लगे थे कि 'गैर-मजरुआ जमीन' सरकार की या वन-विभाग की है, जिस जमीन से कोई भी घास-पत्ता बटोर सकता है, जिस जमीन से कोई भी बीड़ी पत्ता, महुआ या लाख संग्रह कर सकता है, उसके लिए जमींदार के किसी आदमी को एक पैसा भी नहीं देंगे।

वे कह रहे थे, चार रुपए या सामान्य धान की मजदूरी लेकर हम खेत नहीं जोतेंगे। सरकार ने जो मजदूरी तय कर दी है, हमें वह मजदूरी दो।

बिंदा सिंह के नेतृत्व में यही सब हो रहा था। अपना हक़ वसूल करने के लिए 'शोषित मुक्ति दल' में सबको शरीक होने का वह आह्वान करता था। 'शोषित मुक्ति दल' चर्चा में आया। पुलिस सुपर ने डी.आई.जी. को इसकी जानकारी दी। ऐसा अग्निगर्भ प्रचार तो ख़तरनाक था ही।

डी. आई. जी. ने हौले से मुस्कराकर कहा, "अब यदि जमींदार लोग अपने स्वार्थ की हिफाज़त के खातिर सेना दल तैयार करें तो वे ही इनका मुकाबला कर सकते हैं।"

"इससे तो खून-ख़राबा होगा।"

"हो ही सकता है।"

"क़ानून व्यवस्था ढह जाएगी।"

"तब पुलिस एक्शन लेगी।"

"किसे पकड़ेगी ?"

"क़ानून तोड़नेवालों को।"

"समझ गया।"

"नहीं समझे आप। ब्लू-प्रिंट तैयार कीजिए। बिंदा सिंह पर नजर रखिए। मुझे तो वह नक्सल लगता है। वे लोग ही गरीबों की ओर से लड़ने के लिए उतरते हैं।"

"नहीं, नहीं, पलामौ को हम भोजपुर नहीं बनने देंगे।"

"आई. जी. का भी यही कहना है।"

उन दिनों पलामौ के चमार, धनुक, धोबी, डोम, कहार, कंदू, मल्लाह, कोयरी, ओराँव, भोगता, चेरो, बिरजिया, खरोयार बिंदा सिंह के इर्द-गिर्द इकट्ठे हो रहे थे, मीटिंग कर रहे थे। उन्हीं दिनों वे नीलांबर और पीतांबर भोगता के विस्मृतप्राय स्वतंत्रता संग्राम के गीत फिर से गाने लगे थे। भयंकर जाड़े की रातों में अलाव के आसपास बैठकर वे महान संग्राम के गीत गाते रहे।

औरंगा नदी के तट पर प्राचीन पलामौ का क़िला चेरो राजाओं का बनवाया हुआ था। महान् चेरो राजा मेदिनी राय का राज्य—गया, हजारीबाग, सरगुजा और छोटा नागपुर तक फैला हुआ था।

उनके राजत्व काल में राजसभा से हर प्रजा को गाय और भैंस दिए जाते थे। घर-घर में मक्खन और छाछ बनाए जाते थे। बिंदा सिंह आदिवासियों को उस जमाने की बातें याद दिलाता।

वह कहता, "चेरो आदिवासियों ने अंग्रेजों के ख़िलाफ कितनी बार विद्रोह किया, इसे याद करो। नीलांबर और पीतांबर के विद्रोह काल में हजारों लोगों ने साहबों को भगाने के लिए हथियार उठाया था। जिनके पूर्वजों ने

बिना युद्ध के सूई की नोक के बराबर जमीन नहीं छोड़ी, आज उन्हीं लोगों की यह हालत क्यों है ? तुम लोग प्रतिवाद करना तक भूल गए हो ?"

पन्ना खरोयार ने पूछा था, "मान लो, हम प्रतिवाद करना चाहते हैं। परंतु उससे लाभ क्या होगा ? हम लड़ना चाहें तो हमें हथियार कहाँ मिलेंगे ?"

विरन ने कहा था, "नीलांबर और पीतांबर किस चीज़ से लड़े थे ? तलवार से ! तलवार, भाला और तीर-धनुष लेकर बंदूक के ख़िलाफ़ नहीं लड़ा जा सकता।"

बिंदा ने मुस्कराकर कहा था, "तो फिर हम लोग भी बंदूक ही लेंगे।"

"कहाँ पाएँगे ?"

"पानी तो पड़ेगी।"

"बंदूक ख़रीदने का पैसा कहाँ से आएगा ?"

"भाई, गया जिले में, राँची में, सब देशी लोहार बंदूकें बना रहे हैं।"

अनल तलवार ने कहा, "वे बंदूकें डाकू लोग ख़रीदते हैं। डाकुओं के पास बहुत पैसे हैं।"

"और चैतपुर में अनेक लोहार हैं।"

विरन भोगता ने पूछा, "वे बना पाएँगे ?"

बिंदा सिंह ने कहा, "क्यों नहीं ? जब और जगह के लोहार बना पा रहे हैं, तो वे क्यों नहीं बना पाएँगे ?"

अनल बोला, "हालाँकि कुँवर का एस्टेट है, पर झुझार से आगे जंगल भी है और मेदिनी राय के जमाने का पत्थर का क़िला भी। वहीं अभ्यास कर सकते हैं।"

इसी तरह शोषित मुक्ति दल और क्रांति दल का संगठन हुआ।

भोगता, चेरो और खरोयार लड़कियाँ जंगल से लकड़ियाँ लातीं, हाट में बेचतीं। बिंदा सिंह के विद्रोह के समय उन्हीं ईंधन की लकड़ियों में भरकर गाँव-गाँव में बंदूकें पहुँचाई गई थीं।

महुआ के मौसम में कुँवर के लोगों को पहली बार गाँववालों ने धता बताई।

सरकारी वन से महुआ बीनकर गाँववालों ने बस्ते में भर लिया था।

हर साल कुँवर के लोग दो-चार रुपया बस्ता के दर से सारा महुआ थोक में खरीद लेते थे। महुआ के मौसम में वे ही महुआ की ठेकेदारी करते थे।

इस बार पुरुष नहीं, गाँव की औरतें अड़ गईं, "जंगल से महुआ बीना है, यह तुम्हें नहीं दूँगी।"

"अच्छा ? तो किसे देगी ?"

पचास साल की उम्र में भी तेतरी भुँइन बहुत मुँहफट और लड़ाकू थी। उसने हाथ झटककर कहा, "लालबदन साहू को बेचूँगी।"

"क्यों ?"

"एक बोरी का वह कितना देता है, मालूम है ?"

"कितना ? पचास ? सौ ?"

पन्ना खरोयार बोला, "बीस रुपए बस्ता। तुम इतना दोगे तो रुपए फेंको, महुआ ले जाओ।"

"तुझे मालूम है कि हम किसके आदमी हैं ?"

"नहीं, हम जानना भी नहीं चाहते।"

तेतरी पन्ना से बोली, "तू चुप रह। यह औरतों का महुआ है, हम ही समझेंगे।" फिर वह कुँवर के आदमी से बोली, "जंगल का महुआ, सरकारी महुआ है। हम दो रुपए में महुआ नहीं देंगे।"

"तहसीलदार सिंह आ जाएँ तो बेचेगी।"

"हाँ हाँ जा, बुला ला उसे। तहसीलदार को तू कितना देता है ? खुद तो लालबदन को बेचता है। अब हम खुद ही बेचेंगे, किसी बिचौलिया के हाथों नहीं। जा भाग !" तेतरी ने उन्हें खदेड़कर ही दम लिया।

उसके बाद पन्ना और उसके साथियों ने जाकर लालबदन से कहा, "बीस रुपए बोरी ख़रीद लेना। नहीं लेने से क्या होगा यह हम पहले ही बता चुके हैं।"

"बीस रुपए दूँगा तो मैं मर जाऊँगा।"

"कुँवर के आदमियों को कैसे देते हो ?"

"वे लोग बहुत जुलुम करते हैं।"

"ठीक है, अठारह रुपए बस्ता ख़रीद लो। महुआ का भाव बहुत चढ़ गया है। और कुँवर के आदमी तुम पर ज़ुलुम न कर सकें, यह भी हम देखेंगे।"

"तुम लोग कौन हो ? डकैत हो ?"

"नहीं, शोषित मुक्ति सेना। सोच लेना ! महुआ के समय जंगल के आसपास डेरा डालते हो, तुम्हारे इर्द-गिर्द हम ही रहते हैं, और कोई नहीं।"

लालबदन ने उसाँस छोड़ी। कहा, "ठीक है ! यह महुआ अब हर साल मैं ही ख़रीदूँगा। पंजाबी ठेकेदार को मत देना। लेकिन जैसे महुआ लूँगा, बीड़ी पत्ता भी लूँगा। पर तुम लोग हो कौन ?"

"खेड़ी बाँध का नाम सुने हो ?"

"हाँ, सुना क्यों नहीं।"

"हमने सरकारी जमीन पर नया खेड़ी गाँव बसाया है।"

"तो तुम लोग कुंवर के बँधुआ नहीं हो ?"

"नहीं। हम न कभी बंधुआ थे, न कभी होंगे।"

कुँवर उस समय राँची में थे। बुंदू में कुछ जायदाद खरीदनी थी उन्हें। इसलिए कुछ दिन लारातु नहीं लौटेंगे।

तहसीलदार सिंह ने पूछा, "किसने महुआ बेचने से इनकार किया ?"

"हम तेतरी भुँइन को पहचान पाए। और सब नए चेहरे थे, उन्हें हम नहीं पहचानते।"

"ठीक है, मैं देखूँगा।"

तहसीलदार लालबदन के पास पहुँचा। लालबदन ने बताया, "वे लारातु की प्रजा नहीं थे।"

"तब कौन थे ?"

"खेड़ी बाँध बनने के कारण जिन्हें विस्थापित होना पड़ा था, वे ही लोग थे। उन्होंने अब नया खेड़ी बसा लिया है।"

"अच्छा ?"

"हाँ, सरकारी जमीन पर।"

"उन्होंने सीधे यहाँ आकर महुआ बेचा ?"

"हाँ, सीधे ही तो आए थे। माल भी बहुत बढ़िया था।"

"और आपने ख़रीद भी लिया ?"

"मेरा तो यह धंधा ही है। धंधे में ऐसा तो करना ही पड़ता है। यह जो आप बेनामी लकड़ी चिराई की मशीन लगा रहे हैं, यह काम भी तो मैं ही करवा रहा हूँ। आप कुँवर को महुआ दिखाएँगे, तो मैं उन्हें आपकी मशीन दिखाऊँगा।"

"क्या करें, साहूजी ! तीन पुरखे से हम उनकी सेवा में लगे हैं, न कोई मौजा हमें दिया, न कोई ट्रक। आखिर मुझे भी तो अपने बच्चों के बारे में सोचना है !"

"आपके जंगल में जो महुआ है, उसे उठवाइए !"

"वह जंगल...वह तो जैसे शापग्रस्त हो गया है।...कोई वहाँ जाना ही नहीं चाहता, सब डरते हैं।"

"हाँ, सभी कहते हैं कि वहाँ कुनारी भुँइन की आत्मा भटकती है। अब जंगल भी बहुत घना हो गया है, वहाँ घुसते हुए डर लगता है लेकिन आपके पास तो बंधुआ हैं !"

"आज हैं तो कल नहीं। जो हैं, भाग रहे हैं।"

"जब लकड़ी चीरने की मशीन चलेगी, तब उसी जंगल से तो लकड़ी मिलेगी। कितने पुराने पेड़ हैं वहाँ !"

"इसमें फ़ायदा भी है, है न ?"

"लकड़ी के कारोबार में ? बहुत फ़ायदा है। राँची और सिंहभूम के शहर फैल रहे हैं। लकड़ी के कारोबार में ही तो फ़ायदा है। दरवाजे, खिड़कियाँ, असबाब। ऐसे मजबूत साल, सीधा और महोगनी की लकड़ी किसी को कहाँ मिलेगी ?"

लालबदन और तहसीलदार की आँखें चार हुईं। लालबदन ने आगे कहा, "अब कोई निजी वन रख ही नहीं सकता। कुँवर के अलावा और किसके पास जंगल है ?"

"क्यों, सरकारी जंगल।"

"वही तो समझाना चाह रहा हूँ आपको। सरकारी वन से जो लोग महुआ बीनते हैं, बीड़ी पत्ता तोड़ते हैं, उनके माल का हिस्सा लिए बिना भी हम चला लेंगे। आप लोगों के पास तो जंगल भी है।"

तहसीलदार हँस पड़ा। बोला, "देखिए, यह पलामौ है। यहाँ के जमींदार

सरकार को जेब में रखते हैं। ख़ैर, आपसे बातचीत हो गई। जंगल के महुआ और बीड़ी पत्ते में कितना मुनाफ़ा है ! कुँवर को फौज रखनी पड़ती है, घोड़े रखने पड़ते हैं, जीप रखनी पड़ती है, इन सबका खर्च भी तो उठाना पड़ेगा।''

''देखिए...मैंने तो कह ही दिया !''

''देखें, अगले सप्ताह मैं एक बार जाऊँगा।''

लालबदन ने मन ही मन सोचा, जाओगे, तो जाओ। मुझे क्या करना ? उनके साथ मारपीट करता ? मैं उन्हें कैसे रोकता ?

अब उसे लगा, सारा कारोबार यहाँ केंद्रित करके शायद उसने बुद्धिमत्ता नहीं दिखाई।

बिंदा सिंह, पन्ना खरोयार, विरन भोगता, अनल तलवार ने नया खेड़ी के लोगों से कहा, ''महुआ, बीड़ी पत्ता, लाख, सब कुछ सीधे बेचोगे, बिचौलिये को नहीं दोगे।''

तेतरी बोली, ''लाख तो सरकार के खरीदने की बात है।''

''सरकार खरीदती है ?''

''कहाँ आता है कोई ? हुक्म दे जाते हैं, केवल सरकारी लोगों को बेचोगे। सरकारी नुमाइंदे भी तो उसके दलाल हैं। दिनभर बैठे रहो, लाख जमने लगे, तब दलाल लोग आकर तीन-चार रुपए किलो के भाव से ख़रीद लेते हैं।''

''लालबदन नहीं खरीदता ?''

''अभी तक तो नहीं खरीदा।''

''वही खरीदेगा।''

''ए बबुआ ! तुम लोग मत जाओ, मैं जाऊँगी।''

''मौसी, तुम तो खेड़ी से नहीं आई थी ?''

''नहीं।''

झुझार तक कुँवर का इलाका था। झुझार से आगे जंगल पड़ता था। उस जंगल में पत्थर बैठाकर बनाए गए सड़क के चिह्न यत्र-तत्र दिखाई पड़ जाते हैं। उन पत्थरों के बीच के जोड़ या दरारों से जंगली घास उग आई है। सड़क पत्तों से ढँक गई है। गाँववासी अब भी इस सड़क को मेदनी सड़क के नाम से जानते थे। कहते हैं कि राजा मेदिनी राय ने जहाँ-जहाँ पत्थर के

छोटे-छोटे किले बनवाए थे, उन सभी जगहों पर पत्थर बिछाकर सड़कें भी बनवाई थी।

इस ऊँची-नीची सड़क से आगे बढ़ने पर पत्थर से बना हुआ क़िला था। क़िले को चारों ओर से खाई से घेरा गया था। कभी ढाई नदी से नाला काटकर उस खाई में पानी पहुँचाने की व्यवस्था थी। वह नाला कब का बंद हो गया था, खंदक भी अब सूखी पड़ी थी। झरे पत्तों और जंगली पौधों से खंदक भी भर गई थी। सड़े-गले पत्तों की खाद पाकर वन-पौध लहलहा उठे थे और हरे-भरे दिखते थे। जनश्रुति है कि किसी एक युद्ध के बाद खंदक में बादशाही अशर्फियों से भरा एक छोटा-सा घड़ा फेंका गया था। लेकिन कभी किसी ने इस कथा की सत्यता जाँचने की कोशिश भी नहीं की।

क़िले का ढाँचा, पत्थर का दलान और छत अब भी टिकी थी। किंतु उसका गुंबद तथा अन्य सब कुछ काफी पहले ही ढह गया था। क़िले के भीतर काफी जगह थी, उसका प्रवेश पथ सुरक्षित रखा जाए तो क़िला अब भी सुरक्षा देने के लिए उपयुक्त था। अंदर एक चौकोर पत्थर का बना गहरा कुआँ था। ढाई नदी के प्रपात के निकट से खोदे गए नाले को स्वच्छ रखने पर इस कुएँ तक हमेशा कुछ पानी पहुँचता था।

वन-विभाग को उम्मीद थी कि इस क़िले को सरकार पर्यटन दफ्तर बनाएगी। किंतु ऐसा नहीं हो पाया, क्योंकि इसमें खर्च बहुत था। दूसरे बेतला में जंगल, जानवर, कमलदह झील, प्राचीन पलामौ फोर्ट आदि सब कुछ होने के साथ ही पर्यटकों के रहने के लिए आरामदेह बंदोबस्त भी था। अतः टूरिस्ट सेंटर इस क़िले में लाने की ज़रूरत ही क्या थी। यह आरक्षित वन था, त्यों ही रहेगा।

बिंदा सिंह गिरोह का पड़ाव भी यहीं था। राह पहचानकर यहाँ केवल तेतरी भुँइन पहुँच सकती थी। बिंदा ने जब पूछा, "मौसी, तुम तो खेड़ी से नहीं आई थी," तब तेतरी ने सिर हिलाकर कहा था, "नहीं।"

तेतरी आगे बोली, "अब तो मैं नया खेड़ी की बासिंदा हूँ।"

"पहले कहाँ थी ?"

"झुझार में पैदा हुई थी...कुँवर के बाप ने झुझार जला दिया था। सभी जानते थे कि झुझार के सारे लोग मर गए थे। लेकिन सब तो मरे नहीं, कुछ

लोग भागकर जंगल में चले गए थे। उसके बाद मैं टहाड़ गई। वहाँ से कोयला खदान में। फिर वहीं बरजू भुँइया से मुलाकात हुई।''

''कौन बरजू ? कुँवर का बरजू ?''

''और कौन ! वही हमें ले आया। कहा, तू लोग दो घर यहीं रह। मैं आता-जाता रहूँगा।''

''वह आता है ?''

''कभी-कभी। उसी ने हमें किले की पहचान कराई। बोल गया, कोई वैसा जुलुम हो तो यहीं छिप जाना।''

''तुम लालबदन को पहचानती हो ?''

''मैं ही जाती हूँ बात करने।'' तेतरी ने उसाँस छोड़कर कहा, ''क्या करें ! कुनारी भुँइन तो कहानी बन गई है। लेकिन ठाकुरों की भूख भी तो मिटती नहीं। और लड़कियों को भेजें तो पता नहीं किस पर नजर पड़े, किसे उठा ले जाएँ ! कोई भरोसा है क्या ?''

''मौसी, तुम तो डरती भी नहीं।''

''बबुआ, बहुत देखा, इसके बाद भी डर रहता है क्या ?''

उसके बाद बोली, ''झुझार, गाइबनी, बड़ाटोली, कुम्हारपुर, विशालगढ़, सारे जगहों से भागनेवाले कमियाओं को तो मैं ही लाकर क़िले में टिकाती थी। कभी बीवी-बच्चा पहले आते, मरद बाद में। सब यहाँ टिकते, फिर भाग जाते।''

''मौसी, तुम तो फौजी नहीं, कप्तान हो। वे लोग किस रास्ते भागते थे ?''

''उत्तर की ओर मुड़ने पर कुँवर का जंगल है। अब तो कोई उसमें नहीं घुसता। कहते हैं कुनारी भुँइन प्रेत-पिशाच बनकर जंगल में घूमती है।''

''कुँवर भी नहीं घुसता ?''

''नहीं, नहीं, भीतर नहीं जाता। तो समझ लो रात के समय उसी जंगल के उत्तर से वे लोग गए। ज्यादा न भी हो तो भी दस-बीस परिवार तो गए ही।''

''जीने के लिए भागना पड़ा ?''

''जी सके या मर गए, यह क्या पता। लेबर दलाल तो कहता था,

बाहर जाने से काम मिलेगा, खाना मिलेगा, रुपया मिलेगा। पता नहीं, मुझे विश्वास नहीं होता।''

''लेबर दलाल के चक्कर में पड़ने से फिर से कमिया बनना पड़ता है।''

''कमियौती हर जगह ? हर जगह कुँवर ?''

''हर जगह !''

''ग़रीब का कोई सहारा नहीं ?''

बिंदा सिंह के आँखों की पुतलियाँ नाच उठीं। उसने कहा, ''बिना लड़ाई के हक़ नहीं मिलता।''

''ग़रीब का कोई हक़ नहीं रहता बबुआ।''

''रहता है मौसी, रहता है। लेकिन सब कुँवर लोग छुपा लेते हैं। हम तो यही बताना चाहते हैं सबको।''

''बरजू और विशाल ने भी तो कोशिश की थी।''

''इसी से तो लोगों को बहुत कुछ मालूम हुआ।''

''लड़ाई ?''

''अरे ! तुम लोग जो सीधे महुआ बेच रही हो, यह भी तो लड़ाई ही है।''

तेतरी बीड़ी सुलगाकर बोली, ''बीड़ी पत्ता भी बेचूँगी।''

''हम भी यही चाहते हैं मौसी ! हम चाहते हैं, गैर-मजरुआ खास जमीन पर तुम लोगों का हक़ रहे। हम चाहते हैं, मालिक के खेत में काम करने से सरकारी रेट से मजदूरी मिले।''

''कौन देता है बबुआ ? सरकार तो सभी हैं। न तो जंगल बाबू बीड़ी पत्ते की कीमत देता है, न ही मुखिया सड़क बनाने या कुआँ खोदने की वाजिब मजदूरी देता है।''

''यूँ ही नहीं देगा, वसूल करना पड़ेगा।''

''कैसे ?''

''जैसे महुआ की कीमत वसूली !''

दूर की पत्ते रहित शाखों पर लगे टेसू की आग देखती हुई तेतरी बोली, ''महुआ उगने का समय तो अभी नहीं बीता। महुआ का समय और हमारा भाग्य तो जैसे एक सूत्र में बँधा है। कितनी छोटी थी, जब जंगल में महुआ

बीनने जाती थी। जंगल से ही मेरी बुआ को ठाकुर के लोग उठा ले गए थे। पिता और चाचा तो उसे ढूँढ़ते-ढूँढ़ते...ढूँढ़ ढाँढ़कर ही तो उसका ब्याह रचा गया था, गौना भी होने ही वाला था...अगले दिन उसकी लाश कुएँ में तैर उठी थी ! महुआ का ही समय था वह !''

''वे समझते हैं कि सब कुछ उनके कब्जे में है।''

''वह भी महुआ का ही समय था, जब झुझार को जलाकर राख कर दिया। और देखो, महुआ बीनने के लिए जाकर ही तो कुनारी भुँइन...अहा ! कितनी खूबसूरत थी ! उसमें और विशाल में निभती भी खूब थी...ख़ैर, छोड़ो बबुआ ! कुँवर इतनी जल्दी मानेगा तो नहीं, बदला लेना चाहेगा।''

''जुलुम करके तो देखे, अबकी मार खाएगा।''

''इतना आसान नहीं बबुआ ! लारातु में भी पुलिस चौकी बन गई है। पुलिस और जमींदार में तो गहरी छनती है !''

''मौसी, तुम सोचती तो बहुत दूर की हो !''

तेतरी बोली, ''सोच तो आ ही जाता है बबुआ। मेरा बेटा आज होता तो वह तुम्हारी ही उमर का होता।''

''तुम्हारा बेटा भी था ?''

''मरद था, बेटा भी था, सभी थे, जब टहाड़ गई थी। टहाड़ के बाद...''

''कोयला खदान में गई ! और वहाँ बरजू से मुलाकात हुई।''

''उसके पहले खलारी सिरमिट कारखाने में मजूरी करने गई थी, वहीं सिरमिट की बोरी से लदा ट्रक उलट गया...हमारे पाँच लोग तो मर गए... बेटवा जवान हो गया था...।''

''फिर खदान में अकेली ही गई ?''

''और जो लोग थे, उनके संग। यह पेट...और यह भूख, यह तो छुटकारा नहीं देता। मैं चलूँ बबुआ।''

''अँधेरा होने लगा है मौसी।''

''यह रास्ता तो मैं पहचानती हूँ बबुआ !''

तेतरी चली गई।

अनल तलवार बोला, ''कुँवर तो जान ही जाएगा।''

4

कुँवर को सब कुछ मालूम हो गया था।

"लालबदन ने उनसे महुआ खरीदा ?"

तहसीलदार सिंह बोला, "हाँ, सीधे।"

"तुम लोग क्या कर रहे थे ?"

"वे नया खेड़ी के थे।"

"ओह ! जमीन खरीदकर आबाद होनेवाले ?

कुँवर थाने में पहुँचे। लारातु में पहले थाना नहीं था, अब खुल गया था। ओ.सी. को कुँवर पसंद नहीं था। ओ.सी. टाउन का निवासी था। उसे यह नया थाना, नया क्वार्टर, यह जंगल, यह ख़ामोशी, कुछ भी पसंद नहीं था। एक फ़िल्म भी देखनी हो तो डालटनगंज जाना पड़ता था, ऐसे में यहाँ कोई इंसान रह सकता था ? अभी तक यहाँ कोई झंझट नहीं हुआ, बस इतनी ही तसल्ली थी। परिचय बिना जाने एक विधायक के साले को पतितालय में फसाद करने के जुर्म में उसने एक रात हिरासत में रखा था, उसी कारण बतौर सज़ा उसका लारातु की पुलिस चौकी में तबादला कर दिया गया था।

और यहाँ पहुँचने से पहले ही वह यह सुनकर आया था कि लारातु का जमींदार एक कुख्यात आदमी था, जिसने पिंजड़े में बंद शेर को आदमी खिलाया था। जिससे कोई भी अत्याचार अछूता नहीं था। दोस्तों ने बताया था, फ़िल्मों में जो अत्याचारी जमींदार दिखाए जाते हैं, कुँवर उनसे भी आगे हैं। वह दस अमरीश पुरी के बराबर है !

"कुँवर की क्षमता कैसी है ?"

"उससे भी बेईमान जमींदारों से एस. पी. का संबंध अच्छा है। लेकिन वह तो जानवर है। किसी से संबंध भी नहीं रखता। अरे पलामौ में तो इतने जमींदार हैं, फिर अख़बारों में उसी की चर्चा क्यों हुई ? इसी से समझ लो, टाउन में उसके कितने शत्रु हैं।"

"पता नहीं वहाँ कितने दिन रहना पड़ेगा।"

"भाभी को नहीं ले जाओगे ?"

"वह तो मायके में पड़ी है। बच्चा होगा, तब न ! लेकिन उस जंगल में उसे नहीं ले जाऊँगा। उसे या बच्चे को कुछ हो जाए तो वहाँ डॉक्टर नहीं मिलेगा। बिजली भी नहीं है।"

"वहाँ एक छोकरी रख लेना।"

"छी-छी ! ऐसा न कहो।"

पहली मुलाकात में कुँवर ने भी यही बात कही। इसी से ओ. सी. और नाराज हो गए। ओ. सी. जात से कायस्थ थे, किंतु उनके दादा पूरे वैष्णव थे। इसलिए ओ. सी. भी सात्विक भोजन के अभ्यस्त थे।

कुँवर ने पहले ही दिन उन्हें एक जोड़ा मुर्गा, एक टीन घी और महीन चावल भेजा था।

ओ. सी. ने वह सब वापस कर दिया था।

हेड सिपाही ने कहा था, "हुजूर, कुँवर की चीज़ें लौटा रहे हैं ? बहुत क्रोधी स्वभाव के इंसान हैं वे !"

ओ. सी. को उस समय भी मिचली आ रही थी। उसने कहा, "क्या कह रहे हैं आप ? मुर्गा ? मैं प्याज तक नहीं खाता, और मुझे मुर्गा भिजवाया !"

"चावल और घी में तो दोष नहीं था ?"

"सब एक साथ लाया था न ? हमारा वैष्णव खानदान है, हमें पूर्वजों का अभिशाप लग जाता। जीव हत्या ! छी-छी, यह सोचना भी पाप है।"

"जी हुजूर ! लेकिन...बुरा न मानें तो कहूँ...सामान रख लेते... सिपाहियों को दे देते..."

"यह मेरे उसूल के ख़िलाफ़ है परसाद जी !"

"फल भिजवाएँ तो लेंगे न ? कुँवरानी बहुत पूजा-पाठ करती हैं, फल-मिठाई भेजती हैं..."

"फल आने पर आप लोग खाइएगा...जिस घर में माँस-मछली चलता है, उस घर का कुछ भी ग्रहण करना मेरे लिए निषिद्ध है।"

"इतना सज्जन व्यक्ति होकर भी आपने पुलिस में नौकरी ली...पहले आप किस कार्यालय में थे ?"

"नौकरी मिलने पर क्या कोई छोड़ देता है ? हाँ, बैंक की नौकरी ले सकता था, लेकिन माँ अड़ गईं कि मुझे कटक नहीं जाने देंगी। इकलौता बेटा होने पर दायित्व भी तो बढ़ जाता है !"

इस घटना के बाद ही कुँवर थाने में हाज़िर हुए। बोले, "आपने मेरा अपमान किया है। मुझे अपमानित करके आप यहाँ नौकरी कर पाएँगे ? अरे ! कायस्थ को ओ. सी. बनाकर भेज दिया ! यहाँ भेजना था किसी राजपूत को।"

"आपने मुझे अपमानित किया है।"

"मैंने ? कैसे ? आप कोई मेरी बराबरी के हैं जो कुँवर आपका अपमान करेगा ? पलामौ का सबसे बड़ा जमींदार आपका अपमान करेगा ?"

"अपमान तो कर चुके हैं आप ! मैं वैष्णव हूँ, जीव हत्या नहीं करता। माँस-मछली तो छूता भी नहीं। आपको पता है आपने मुझे क्या-क्या भेजा था ?"

"वैष्णव ! कायस्थ, उस पर वैष्णव ! टाउन का जेलर भी कायस्थ है, पर वे माँस-मछली बहुत चाव से खाते हैं !"

"और जब मेरे पितामह वृंदावन गए थे, स्वामीजी ने खुद उन्हें ईश्वर की माला दी थी, मालूम है ? मैं माँ को लेकर सारे वैष्णव तीरथ घूम आया हूँ।"

"पुलिस के कार्य में जब मार-पीटकर किसी को घायल करते हैं, गोली चलाते हैं, तब क्या वह भी वैष्णव मत से होते हैं ?"

"वह तो ड्यूटी है। कर्तव्य का पालन तो करना पड़ेगा न ?"

"बंदूक दागकर कभी कोई आदमी मारा ?"

"नहीं तो, कभी नहीं।"

"हे भगवान ! किस अजीब चिड़िया को यहाँ भेज दिया ! शादी-वादी की ? या ब्रह्मचारी ही हैं ?"

"नहीं, नहीं, शादी तो कर चुका हूँ।"

"क्वार्टर कैसा है, ठीक है न ? मेरा इलाका है, ख़बर तो मुझे ही रखनी पड़ेगी ! नहीं तो कौन देखेगा आपको ?"

"क्वार्टर...हाँ, ठीक है..."

"बिजली भी आ जाएगी। पत्नी को लाए हैं ?"

"नहीं, यहाँ उसे लाऊँगा भी नहीं।"

"क्यों, टाउन की लड़की है ?"

"यहाँ नहीं लाऊँगा। जंगल में रह भी नहीं पाएगी। मेरा ही दम घुट रहा है..."

"यह तो हो ही सकता है। किंतु पत्नी नहीं आई है तो आप उपवासी क्यों रहेंगे ?"

ओ.सी. का गोरा चेहरा लाल हो उठा।

"क्या कह रहे हैं आप, कुँवर साहब ?"

"मर्द हैं, जवान भी !"

"आप..."

"नहीं, नहीं, रखैल रखने के लिए मैं नहीं कह रहा। आप कहें तो मैं भेज दूँगा...जंगल है न...सब जंगली भूत हैं, इधर-उधर घूमती रहती हैं...भेज दूँगा।"

"कृपया ऐसी बात जुबान पर भी न लाएँ। किसी औरत को लाकर मैं उसकी बेइज्ज़ती करूँगा ? छी, छी, सरकारी अफसर होकर ऐसा काम ? अगर मैं खुद ही यह सब करने लगूँ तो वे मुसीबत में पड़कर किसके पास जाएँगे ?"

कुँवर का चेहरा तमतमा उठा। बोले, "फ़िल्मी डायलॉग सुना रहे हैं ? पुलिस की वर्दी की इज्ज़त ? यह सब टाउन में जाकर सुनाइएगा। यहाँ पुलिस की वर्दी की कोई इज्ज़त नहीं। छोटी जात, जंगली आदिवासी औरत और पुलिस, इनकी कोई इज्ज़त नहीं। पुलिसवालों को हम खरीदते हैं।"

"आप कृपया तशरीफ ले जाएँ।"

"लारातु में रहना हो तो जैसा मैं कहूँ वैसे चलना पड़ेगा। नहीं तो जाना पड़ेगा यहाँ से, याद रखिएगा।"

कुँवर चले गए। ओ. सी. माथे की धमनियों को दबाकर बैठा रहा। हेड सिपाही ने मेज पर एक गिलास पानी रखकर कहा, "यह सब कुछ नहीं। आपको ठोंक-पीटकर देखने के लिए आए थे।"

ओ.सी. ने अगले ही दिन डालटनगंज जाने का निश्चय किया। पहले क्या पता था कि यहाँ नौकरी करने में इतने झंझट हैं।

हेड सिपाही बोला, "लगता है कि महुआ बेचने से उत्पन्न झमेला बहुत दूर तक जाएगा।"

"यह तो जुलुम है ! सरकारी जंगल से महुआ बीनकर साहू को बेचेंगे, उसमें भी टाँग अड़ाएँगे ?"

हेड सिपाही ने करुणा मिश्रित स्वर में कहा, "हुजूर ! इतने दिनों तक तो सरकार लारातु में घुस ही नहीं पाई थी। कुँवर का राज ही चलता रहा अब तक। यह थाना, स्वास्थ्य केंद्र, डाकखाना, सड़क, बसें, यह सब तो अभी कुछेक वर्षों की बात है।"

"उनका बेटा तो ऐसा नहीं ?"

"सब एक जैसे हैं, हुजूर !"

"इन लोगों ने जो सीधे जाकर लालबदन को महुआ बेचा, इन्हें इतनी हिम्मत कैसे हुई ?"

"ये लोग तो यहाँ हाल में आए हैं। उस खेड़ी बाँध के आदिवासी हैं सब !"

"नया खेड़ी क्या लारातु का मौजा है ?"

"नहीं, ख़ास जमीन है और इन लोगों ने सरकारी परमिट लेकर अपना घर बनाया है।"

"वही कहिए !"

"ये लोग हिम्मती हैं।"

टाउन में डी.एस.पी. ने कहा, "हिम्मती हैं, तो ठीक है। लेकिन आपको सजग रहना होगा कि उनकी हिम्मत बढ़ानेवाला कोई है या नहीं !"

"कौन हिम्मत बढ़ाएगा, सर ?"

"यह देखना आपका काम है।"

"ये लोग तो खेड़ी बाँध योजना में विस्थापित होने के विरुद्ध लड़ाई लड़कर मुआवज़ा लेकर यहाँ पहुँचे हैं। कुँवर के राज में रहते भी नहीं थे। सरकार पर इन्हें बहुत आस्था है सर !"

"कैसे मालूम ?"

"कुमार खरोयार उस दिन...फारेस् बीट आफिस से महुआ बीनने का परमिट ले गया। उसी ने कहा था, 'मुआवज़ा तो सरकार ने ही दिया ! हम सरकार को अर्जी देंगे, इधर भी एक स्कूल बने।' "

"अच्छा !"

"कुमार खरोयार, चेरो, ये लोग और तरह के हैं। कह रहा था, खेती-बारी के लिए भी जमीन ख़रीदना चाहता है।"

"आप सजग रहें। ऊपर से भोले लगने पर भी अंदर ही अंदर शैतान भी हो सकते हैं।"

"जी सर।"

"उग्रवादी यहाँ भी घुस पड़े हैं, इसीलिए सतर्क रहना ज़रूरी है।"

"जी सर।"

"और कुछ कहना था ?"

"लारातु का...कुँवर...बहुत कठिन व्यक्ति है !"

"हाँ। परमजीत सिंह कुँवर ! खैर, छोड़िए, आप इस बात का ध्यान रखें कि आदिवासियों की हिम्मत बढ़ाने के लिए कोई न जुट पाए। ऐसा कुछ मालूम होते ही मुझे ख़बर भेजें। आप तो बिलकुल नौसिखिया हैं ! ऐसे इलाके में कभी काम नहीं किया ?"

"नहीं, सर।"

"किसी से डरिएगा नहीं। आप पब्लिक सर्वेंट हैं, अपनी ड्यूटी निभाएँ, बस !"

"जी सर।"

"उग्रवादी पकड़ पाने से तरक्की होगी, अच्छी जगह पर तबादला भी हो जाएगा।"

"जी सर।"

"सुना है आप धार्मिक प्रकृति के हैं ! यह तो और भी अच्छा। यह वर्दी, यह डिपार्टमेंट, धर्म, सब आपको विपदाओं से बचाएँगे।"

"जी सर।"

"दूसरा अफसर...नहीं, अभी कोई नहीं मिला। मिलते ही भेज दूँगा।"

"अकेले के लिए...क्षेत्र भी बड़ा है..."

"लारातु को लेकर मुझे चिंता नहीं। कुँवर का डर सबको है। वहाँ कुछ नहीं होगा।"

"जी सर।"

ओ. सी. वहाँ से निकल आए। टाउन, टाउन ! टाउन के बाद फिर वही जंगल ! हाय, राजपूत डी.एस.पी., राजपूत एस.पी., राजपूत डी.आई.जी, राजपूत आई.जी. ! कायस्थ ओ.सी. को कौन बचाता ? अपने मन के दुख में डूबे ओ.सी. ने ट्रांजिस्टर की बैटरी, गुलशन नंदा की तीन किताबें, सत् इसबगोल, चाय की पत्ती और केले खरीदे। रात में लौटना न पड़ता तो अच्छा होता। किंतु अगला दिन हाट का दिन था, लारातु में सारे झमेले हाट के दिन ही होते हैं। हाट के दिन नशाखोरी बढ़ती, मारपीट बढ़ती। मुर्गे की लड़ाई और आदिवासी छोकरियाँ देखने के लिए अकसर लोग बसों में लदकर भी पहुँचते।

उसी समय पुलिस की चौकसी की ज्यादा ज़रूरत पड़ती। ओ. सी. ने सुना था, जंगली जगहों के हाट में लड़कियों को फुसलाने का धंधा भी चलता था।

छी, छी ! कैसा अधर्म है ! ओ.सी. सोचते। नारी का धर्म सती धर्म है। रिश्वत लेना और देना महापाप है। सुबह दरवाजा खोलकर कुब्जे, बौने या दाएँ पैर से लँगड़े व्यक्ति को देखने से घोर अमंगल होता है। ब्राह्मण-कायस्थ में या दूसरी जाति में विवाह होने पर उनका जो पुत्र पैदा होता है, उस पुत्र का जल पितृ पुरुष ग्रहण नहीं करते। विधवा अगर शादी करती है तो वह तीन कुलों को नरक में डालती है : पितृकुल, प्रथम पति का वंश

और द्वितीय पति का वंश। इस तरह की मान्यताओं के बीच आजीवन पालित होने के बाद इस जंगली लारातु की तारकोल बिछी सड़क पर भागम-भाग करना बहुत मुश्किल था। ओ.सी. को लगता कि वह असहाय हो गया है और उसके चारों ओर केवल दुश्मन हैं।

यह जंगल शत्रु था, कुँवर शत्रु थे, आदिवासी भी उसके अपरिचित थे। ऐसे निर्वासन में रहने की उसकी मानसिक स्थिति नहीं थी। किंतु बीवी को यह सब लिखना संभव नहीं था। उसके गर्भ में ओ. सी. का वंशज पल रहा था। उसे काव्यात्मक शैली में पत्र लिखना पड़ता था। अहा, 'शोले' की हेमा मालिनी जैसी ही भरी जवानी में थी उसकी बीवी, हालाँकि उसका चेहरा नेपालियों जैसा था, आँखें छोटी-छोटी, होंठ मोटे, किंतु पति-पत्नी में बहुत ही प्यार था।

और कुँवर ने ऐसे ओ. सी. को ही गंदा प्रस्ताव दे डाला !

लारातु में प्रवेश करते ही लालबदन के आढ़त के सामने एक ट्रक और कुछ लोगों के हिलने-डुलने पर उसकी निगाह पड़ी। जीप रोककर ओ. सी. ने पूछा, "क्या हुआ, साहूजी ?"

लालबदन आगे बढ़ आया, "कुछ तो नहीं।"

"अँधेरे में क्या लाद रहे हैं ?"

"महुआ की बोरी।"

"इस वक्त ?"

"ट्रक मिल गया, इसलिए भेज रहा हूँ।"

"ओह !"

थाना पहुँचने पर हेड सिपाही बोला, "तहसीलदार सिंह ने आकर लालबदन से बताया कि कुँवर का कहना है, महुआ बेचने का हक उन्हें है, गाँववालों को नहीं।"

"यह तो जुलुम है !"

"यहाँ वही क़ानून है।"

"ख़ैर, उसके बाद ?"

"लालबदन को बताया। उसने आज ही गाँव से महुआ ख़रीदा था। वह भी साँझ के बाद। फिर उसने वह महुआ यहाँ से भिजवा दिया।"

"अब ?"

"लालबदन के आढ़त में तो पाएगा नहीं। तब नया खेड़ी में जाकर तहलका मचाएगा।"

"हम लोग यह जानकर भी थाने में बैठे रहेंगे ?"

"ख़बर कहाँ मिली हुज़ूर ! कोई मुँहजबानी कुछ बता जाए तो क्या थाना दौड़ पड़ेगा ? डायरी कहाँ है ? जब तक एफ.आई.आर. न दर्ज हो, आप क्या छानबीन करेंगे ?"

ओ.सी. समझ गए कि आज रात में ट्रांजिस्टर पर 'छायागीत' सुनते-सुनते बीवी को पत्र लिखने का जो मनसूबा बना रहा था, वह रद्द हो गया, अब लिखना न हो पाएगा। हेड सिपाही ने सारी योजना पर पानी फेर दिया था। उसने पूछा, "तहसीलदार ने लालबदन को क्यों बताया ? तहसीलदार तो कुँवर का आदमी है।"

हेड सिपाही ने सस्नेह ओ.सी. को घूरा। न जाने यह अनाड़ी, अबोध, भला आदमी यहाँ कैसे रहेगा ? शायद उसकी तौहीन करने के लिए ही वह यहाँ भेजा गया है। गहरे उद्वेग और आंतरिकता के साथ वह बोला, "छोटी मुँह बड़ी बात हो जाएगी, लेकिन हुजूर, मैंने तो इन जंगलों में बीस साल गुजार दिए, इस बूढ़े की बात जरा सुन लें।"

"कहिए न। मैं तो हमेशा कहता हूँ कि मुझे सहयोग दीजिए। और कौन-सी बात मैं नहीं सुनता ? लेकिन हाँ, रिश्वत-विश्वत मैं नहीं ले पाऊँगा। और मुर्गे या गोश्त का छुआ नहीं खा पाऊँगा। बल्कि नौकरी ही छोड़ दूँगा। मेरे पितामह तो जीवन के अंतिम दिनों में हाथ से पैसा भी नहीं छूते थे। चिमटे से पैसा उठाकर भिखारी को देते। बहुत सदाचारी परिवार है हमारा !"

"यह नौकरी बहुत गंदी है हुज़ूर !"

"नसीब ! छोड़िए, क्या कह रहे थे आप ?"

"क्या कहूँ। आप समझ नहीं पाते, तभी कह रहा हूँ। यह बात कुँवर को भी नहीं मालूम। वह तहसीलदार...उसने लुकाछिपी लालबदन की मदद से एक लकड़ी चिराई की मशीन लगाई है, वह भी बेनामी। ट्रक का बिजनेस भी करेगा। तहसीलदार और लालबदन में दोस्ती है। इसी से वे एक-दूसरे का हित देखेंगे।"

“मेरा तो सिर घूम रहा है।”

“आप चिंता क्यों कर रहे हैं ?”

“आप भी क्यों नहीं मुँह खोलते ? लालबदन और तहसीलदार, दोनों आपकी मुट्ठी गर्म करते हैं।”

“झंझट भी तो मैं ही उठाता हूँ। और सब कुछ तो रिश्वत नहीं होता। हुजूर, हम इसे जंगल अलाउंस कहते हैं ! तनख्वाह के पैसे ही अगर खर्च करने पड़े, तो पुलिस की नौकरी ली ही क्यों ? जाइए, आप खा-पीकर सो जाइए।”

“सिपाही जी ! यह जंगल आपको अच्छा लगता है ?”

“लगता है हुजूर। बल्कि टाउन में जाता हूँ तो साँसत में पड़ जाता हूँ।”

“डी. एस. पी. कह रहे थे, उग्रवादी जिले में घुस आए हैं।”

“नहीं हुजूर। कुँवर के होते कोई नहीं घुसेगा। वे तो गरीबों को, अछूतों को, आदिवासियों को सिर उठाने ही नहीं देते। देखिएगा, नया खेड़ीवालों की गरमी भी ढह जाएगी। जंगल में शेर के होते क्या लकड़बग्घा दहाड़ता है ? कोई गड़बड़ी नहीं होगी यहाँ।”

“गड़बड़ी होगी तो हो, लेकिन मेरे रहते नहीं होनी चाहिए।”

“अब जाएँ, मुँह-हाथ धोकर सोने जाएँ। इसे रख लें, बाबा गौरीनाथ का परसादी फूल है। तकिये के नीचे रख दें, शांति से सोएँ। बहुत जाग्रत देवता हैं।”

हाट का दिन सभी के लिए बहुत महत्त्वपूर्ण था। हाट जहाँ लगती, वह जमीन वन-विभाग की थी। वन-विभाग में ऐसी जमीन तो रहती ही है जहाँ कभी भी पेड़ नहीं लगाए जाते।

हाट के दिन सुबह दस बजे से ही सड़क पर लोगों की चहल-पहल शुरू हो जाती। लालबदन साहू अपने विशाल खपरैले हाट की दुकान में पहुँचकर उस दिन नमक, चावल, आटा, साबुन, दियासलाई, मिर्च पाउडर, मकई, गमछा और कपड़े बेचता। नया खेड़ी बसने के बाद से क्रेताओं की

संख्या भी कुछ बढ़ गई थी।

हाट के एक छोर पर शराब बिकती। मुर्गे की लड़ाई होती। कुछ घंटे के लिए सुप्त जनपद जाग उठता। ओ. सी. हाथ में छड़ी लिए घूमते रहते, सोचते, हाट की भीड़ में क्या उग्रपंथी भी घूमते हैं ? उन्हें कैसे शिनाख्त किया जाए ? सुना है वे भयंकर उग्र हैं, भयंकर हिंस्र हैं। आदमी क्यों उग्र हो जाता है, क्यों हिंस्र हो जाता है ?

भाद्रपद की शुरुआत थी। आकाश में बादलों के छोटे-छोटे टुकड़े छितराए हुए थे। यूँ पलामौ में तेज बारिश बहुत कम ही होती थी। किंतु पिछले कुछ दिनों से छिटपुट बारिश हो रही थी। इससे हवा में ठंडक थी, धूप में भी उतनी गर्मी नहीं थी।

हेड सिपाही ने सूचना दी, "सब ठीक है हुज़ूर, कहीं कोई गड़बड़ी नहीं।"

ओ. सी. ने कहा, "आप तो हैं, मैं थाना वापस जा रहा हूँ। थाने में किसी का रहना ज़रूरी है।"

अचानक बहुत शोर मच गया था। शोर की यह आवाज लालबदन की दुकान के सामने से आ रही थी। तहसीलदार की गर्जना सुनाई दी, "कुँवर का हुक्म है, बोरा हम लेंगे।"

एक नारी कंठ चीख उठा, "कभी नहीं !"

"अरे छोड़ कसबी !"

"तोहर माँ कसबी !"

हेड सिपाही बोला, "धरमपाल ! यह तो तेतरी भुँइन की आवाज है ! बाप रे, राक्षसी भी बोल सकते हैं उसे। इतना चिल्लाएगी और गाली देगी, आप सोच भी नहीं सकते।"

ओ. सी. जल्दी से वहाँ पहुँचे, उसके पीछे-पीछे हेड सिपाही। वहाँ का दृश्य अद्भुत था। तहसीलदार और उसके साथ के चार और लोग लाठी लिए खड़े थे। रूखे चेहरे की एक बहुत ही काली प्रौढ़ा तहसीलदार की लाठी पीछे धकेल रही थी। लगभग पंद्रह-बीस औरत और मर्द वहाँ खड़े थे। जमीन पर

महुआ की कई बोरियाँ रखी थीं। उन बोरों में महुआ है, यह महुआ की महक ही बता रही थी।

"क्या हुआ ? इतना शोर क्यों है ?"

तेतरी बोली, "आओ दारोगा साहब, देखो !"

तहसीलदार बोला, "क्या देखना है ? बोरे हमारे हैं।"

लालबदन बोला, "भाई, मेरी दुकान के सामने से हट जाओ, मुझे दुकानदारी करने दो।"

तहसीलदार को हटाकर भीम सिंह बढ़ आया, "बेचना होगा तो हम बेचेंगे।"

तेतरी फिर चीखी। "तू लोगों ने बीना है ? जंगल से ढोकर लाया है ? कितने साल तक तू लोग हमारे हक के सामान बेचेगा ?"

ओ. सी. ने पूछा, "तुम लोगों के पास परमिट है ?"

"ज़रूर है। एक-एक किलो महुआ के लिए जंगल आफ़िस से चार रुपया मिलने की बात है। एक-एक बोरी में कितना है तोल लो। बीस किलो तो होगा ? बोलो तुम्हारे हिसाब से कितना पैसा बनता है ?"

तेतरी के संग का एक युवक बोला, "अस्सी रुपया !"

तहसीलदार बोला, "ओह ! अस्सी रुपए ! चुप रह, कुत्ता। तुझसे किसने पूछा है ?"

युवक ने तहसीलदार को कमीज पकड़कर झकझोरा। बोला, "मुँह सँभाल, सिंह ! मैं भक्त खरोयार हूँ, और खरोयार कभी बँधुआ नहीं होता। किसी का अपमान नहीं सहता। हम नया खेड़ी के हैं। तुम लोगों की कमिया प्रजा नहीं।"

"तेतरी भी अब नया खेड़ी की है क्या ?"

तेतरी बोली, "ज़रूर !"

"भुँइया होकर उनके साथ ?"

"इससे तुझे क्या ?"

ओ. सी. बोले, "बोरियाँ उठाओ, थाना चलो। वहीं फैसला होगा।"

तहसीलदार बोला, "वे बोरियाँ नहीं उठाएँगे। आप जाइए। इसे हम बेचेंगे।"

ओ. सी. ने कहा, "बेचेंगे तो, उनसे खरीदा भी है ?"

"क्यों नहीं, पाँच-पाँच रुपए बोरी।"

ओ.सी. ने सिर हिलाया। "ठीक है, आप लोग भी आइए, वे भी आएँ। वहीं फैसला होगा।"

"कुँवर के आदमी भोगता, खरोयार, भुँइयाँओं के साथ फैसला करेंगे ? थाने में जाकर ? क्या कह रहे हैं आप ?"

तहसीलदार को अपने पास बुलाकर ओ. सी. बोले, "अभी कुछ बोरियों के लिए झमेला कर रहे हैं ? कल लालबदन को ख़बर देकर कितनी बोरियाँ हटवा दिए ?"

तहसीलदार चुप। उसके बाद बोला, "इसका फैसला थाने में नहीं, नया खेड़ी में होगा।"

उस युवक ने ललकारा, "वहीं आना, यही अच्छा होगा।"

आपस में बातचीत करने के बाद तहसीलदार अपने संगियों को लेकर चला गया।

तेतरी बोली, "ए साऊ ! अब ख़रीद लो !"

लालबदन बोला, "थाने में जा, वहीं से ख़रीदूँगा।"

भक्त खरोयार बोला, "चलो भाई सब, उठाओ। चलिए दारोगा साहब, हम लोग डायरी भी लिखवाएँगे।"

ओ.सी. ने हेड सिपाही की ओर देखा।

हेड सिपाही के मुँह पर ताला जड़ा था। जैसे पथरा गया था वह। उसने लालबदन की ओर देखा। कल रात तक तो लालबदन और तहसीलदार में गहरी छनती थी, आज क्या हुआ ?

सब थाने की ओर चल पड़े। हेड सिपाही ने लालबदन की ओर देखकर सिर हिलाया। लालबदन बोला, "मैं दुकान बढ़ाकर आढ़त लौटूँगा।"

ओ. सी. ने पूछा, "थाना नहीं चलेंगे ?"

"मैं थाने में क्यों जाऊँ ? मेरे साथ तो किसी का झगड़ा नहीं हुआ।"

"आपने देखा तो था।"

"कुछ नहीं देखा सा'ब ! लारातु में रहना हो तो न आँखों से देख सकते हैं, न कानों से सुन सकते हैं।"

महुआ के बस्ते थाने में उतारे गए।

तेतरी बोली, "लिख लो दारोगा साहब, लिख लो। मैं कहती हूँ, लिख लो।"

भक्त खरोयार बोला, "मैं कहूँगा, मौसी !"

तेतरी ने उसकी ओर अंगारे बरसाती आँखों से देखा, फिर गंभीर लहजे में बोली, "तुम क्या जानते हो जो कहोगे ? महुआ हमारी ज़िंदगी है दारोगा साहब ! महुआ बीनते और धोखा खाते हमारी ज़िंदगी बीत गई।"

ओ. सी. बोले, "लिखिए, परसाद जी !"

"तेतरी की बातें लिखूँ ?"

"ज़रूर।"

"बाद में लिखना सिपाही जी। पहले दारोगा साहब को बता दूँ। महुआ से हम शराब बनाते हैं ? खाते हैं ? नहीं दारोगा साहब ! महुआ...हमारे लिए ...महुआ के फूल सुखाकर सत्तू बनाकर उसे पानी में गूँथकर हम सेंककर खाते हैं। महुआ के बीज पीसकर उसके तेल से हम दिया जलाते थे, हम किरासिन कहाँ पाएँगे ? फल के बीज के छिलके बोरे में भरकर व्यापारी को बेचती थी, जब कपड़ा धोने का साबुन बनानेवाले उसे ख़रीद लेते थे !"

ओ. सी. चकित थे, भक्त खरोयार भी चकित था।

"परमिट लेकर सिर्फ़ आदिवासी और ग़रीब लोग महुआ बीन सकते हैं ! फारेस् आफिस खरीदेगा चार रुपए किलो ! पहले सुनती थी दो रुपए किलो ! और हम फारेस् का महुआ ही उठाते हैं। कुनारी भुँइन की हत्या होने के बाद से कुँवर के जंगल में तो कोई घुसता ही नहीं।"

"तो फारेस् को क्यों नहीं बेचते ?"

"वही तो बात है ! फारेस्वाले कभी नहीं ख़रीदते। कुँवर से तो फारेस्, थाना, सभी का झगड़ा है ! हम बटोरते हैं, लेकिन फारेस् नहीं खरीदता। कुँवर के कुत्ते दो-चार रुपए फेंककर बोरियाँ उठा ले जाते हैं, और व्यापारियों को वही बोरी अठारह-बीस रुपए में बेचते हैं। महुआ पर हक़ हमारा है, हम ही बीनते हैं, रुपए कुँवर कमाता है !"

"महुआ से कितने रुपए आ सकते हैं ?"

"आस-पास के बीस-बीस गाँव का हिसाब कर लो दारोगा जी !"

भक्त खरोयार बोला, “कुँवर साल में आठ लाख रुपए का महुआ बेचता है, हालाँकि उसमें से हिस्सा देता है फारेस् को...पुलिस को...माफ कीजिएगा दारोगा साहब। हमें मालूम है कि आप रिश्वत नहीं लेते। लेकिन यही नियम तो चलता आया है।”

तेतरी बोली, “नया खेड़ी के लोग शऊर भी नहीं जानते जी ! एक बुढ़िया बात करे तो बीच में टाँग अड़ाना चाहिए ? तू महुआ के बारे में क्या जानेगा रे छोकरे ? पहले कहीं और रहता था, सरकारी पैसे मिले, सरकारी जमीन पर घर बना लिया, हमारे बारे में कैसे जानेगा तू ?”

“ठीक है मौसी, मैं चुप रहूँगा।”

एक लड़की सिर झुकाए बैठी-बैठी पाँव के नाखून खुरच रही थी। उसने अचानक सिर ऊपर उठाया। ओ. सी. चौंक पड़े। उसकी आँखों में और चेहरे पर पैनापन था। होंठों पर विद्रूप की मुस्कराहट। वह बोली, “मौसी कह रही है, कहने दे। दारोगा साहब, लिखिएगा तो ? या और कुछ लिख लेंगे ?”

हेड सिपाही ने चुटकी ली, “तू लोग तो बहुत पढ़ी-लिखी औरत है, देख लेना क्या लिखता हूँ।”

“मज़ाक करते हो ?”

“चुप रह छोकरी !”

तो इस साल फिर फारेस् आफिस से बुलावा आया। हर साल बुलाते हैं। अफसर आए, कुँवर आए, बहुत बाजा-वाजा बजाकर फारेस् आफिस से बगीचे में एक साल का पौधा लगाया। ‘पेड़ उगाओ, वन बचाओ’ का नारा दिया, और सरकार ने आदिवासियों के लिए क्या-क्या किया है यह सब भी दुहराया, और बताया कि महुआ, लाख, फूल, फल, पत्ते आदिवासियों का है। तभी हमने ठीक किया, बीस-तीस गाँव से आठ हजार महुआ पेड़ का सारा फसल तो कुँवर ले लेगा, इसलिए इस बार हम ही सीधे बेचेंगे। बेच भी रहे थे, लालबदन खरीद भी रहा था। अठारह रुपए एक बोरी का देता था। कुछ दिनों में हमने तो पचपन बोरी माल बेचा। अब लिख लो।”

“लिखिए परसाद जी।”

“आज हम लोग नया खेड़ी से बीस-पच्चीस बोरी महुआ हाट में बेचने आए थे। फारेस् बाबू बोले हैं, ‘महुआ तुम्हारा है’, और परमिट भी दिया है।

बनिया खरीदने के लिए तैयार भी था। किंतु कुंवर के आदमी तहसीलदार सिंह, भीम सिंह, ढेका गाँव का मोहन यादव और जमादार सिंह, छोटानाला का गजन सिंह, ये लोग लाठी लेकर हमें मारने के लिए आए। बोले, जबर्दस्ती महुआ ले जाएँगे, सरकारी फारेस् के महुआ में उनका हक़ है। वे बीस किलो महुआ पाँच रुपए में जबरन लेना चाहते थे। उसी से हम लोग डर गए और दारोगा जी की किरपा से महुआ बचाकर थाने में लाकर जमा किया। अब हम दरख्वास्त करते हैं कि हमें कुँवर के जुलुम से बचाएँ। हाँ जी, मेरा नाम लिखो, मौजा नया खेड़ी, तहसील बानगढ़, ब्लाक और थाना लारातु।"

उस लड़की ने कहा, "चलो मौसी, टिप्पा लगाओगी।"

उसके खड़े होने पर पता चला, वह लंबे कद की है। ब्लाउज भी पहने थी, हालाँकि उसके कपड़े गंदे और धूल से सने थे। मेज के निकट पहुँचकर वह बोली, "आओ मौसी, अँगूठा लगाओ।" फिर उसने चौंककर कहा, "यह क्या सिपाही जी ? आपने तहसीलदार का नाम नहीं लिखा ? क्यों नहीं लिखा ?"

हेड सिपाही ने उसे विस्फारित निगाहों से घूरा। बोला, "तुम पढ़ना जानती हो ?"

"क्यों नहीं जानूँगी ? मैं पढ़ना जानती हूँ, यह फारेस् आफिसवाले भी जानते हैं। मेरे पिता खेड़ी में मास्टर थे, और उन्होंने घूम-घूमकर सबका दस्तखत, टिप्पा जुगाड़ किया था। तभी न हमारे गाँव में गाँधी मिशन स्कूल खुला था ?"

"तुम्हारा नाम क्या है ?"

उसने ठुड्डी उठाकर गर्व के साथ कहा, कोसिला खरोयार। तुम इनके नाम लिखो।"

हेड सिपाही बार-बार सिर हिलाता रहा और नाम लिखता रहा।

ओ. सी. बोले, "तुम...तुम महुआ बीनती हो ?"

"थोड़ी हिंदी पढ़ लेती हूँ तो क्या खरोयार लड़की होकर महुआ नहीं बीनूँगी ? महुआ बीनती हूँ, जंगल से लकड़ी लाती हूँ, हाट में बेचती हूँ। लगाओ मौसी, टिप्पा लगाओ।"

भक्त खरोयार बोला, "रुक कोसिला, थोड़ा सोच लूँ।" उसके बाद

ओ. सी. से बोला, "दारोगा जी ! लालबदन खरीद ले तो अच्छा। नहीं तो कल हम लोग उठा ले जाएँगे। बाइस बोरियाँ छोड़े जा रहे हैं।"

"ले जाकर क्या करोगे ?"

"सुखा लेंगे, फिर पीसकर, सेंककर, खाएँगे। लेकिन आप यह जानते हैं, हाट में भी देख चुके हैं, हम लोगों ने कोई हमला नहीं किया। इसलिए हम लोग अरजी छोड़े जा रहे हैं, हमारे ऊपर कोई विपदा आए, तो आप हमें बचाइएगा।"

कोसिला हँसकर बोली, "डायरी ग़ायब तो नहीं हो जाएगा ? गरीब लोग के अमीरों के ख़िलाफ़ डायरी लिखवाने से वे सब पन्ने ग़ायब भी हो जाते हैं। बाँका थाने में देख चुकी हूँ।"

तेतरी सिर डोलाती है, कहती है, "न्याय मिलेगा ? कब मिलेगा ? ये कुँवर !"

"अच्छा, तुम लोग जाओ।"

वे लोग चले गए। कोसिला ने थानेदार और हेड सिपाही को चौंका दिया था। वे दोनों ही विस्मित थे।

"खरोयार लड़की ऐसी होती है ?"

उस समय लालबदन घुसकर एक कुर्सी पर बैठ गया। बोला, "चेरो और खरोयार बहुत कुछ राजपूतों की तरह होते हैं, चेहरा भी और तरह का होता है, पहले पलामौ के वे राजा थे। चेरो जगह-जमीन रखते हैं, खेती-बारी भी करते हैं। बहुत से पढ़े-लिखे भी मिलते हैं। लेकिन इनमें चेरो कौन है ? मैंने तो नहीं देखा। खरोयार भी अब आगे बढ़ रहे हैं। और खेड़ी नदी के आसपास की बात तो निराली ही है।"

"कैसे ?"

"कालादास साधु ने बहुत पहले वहाँ ही स्कूल खोला था, बाद में गाँधी मिशन ने उसे ले लिया।"

फिर थोड़ा मुस्कराकर आगे बोला, "पलामौ के आदिवासी-हरिजन मंडली में उस जगह सबसे ज्यादा चौथी कक्षा उत्तीर्ण लोग हैं, कमिया भी कम हैं। यह कोसिला तब गणेश खरोयार की ही बेटी होगी।"

"आप थाने में आ ही गए ?"

लालबदन भौंहों को सिकोड़कर कनखियों से देखता रहा। फिर बोला, "कितना बोरा माल है ?"

"बाइस बोरा।"

लालबदन ने उसाँस छोड़ी। बोला, आपके सिपाही गतिराम के चलते ही सारा बखेड़ा हुआ।"

"उसने क्या किया ?"

"अपनी एक आँख की कानी गाय को वह न बेचता है, न बाँधकर ही रखता है। सुबह जिस दिन उस गाय को देख लूँगा, उस दिन कोई बखेड़ा होगा, यह मानी बात है।"

हेड सिपाही बोला, "गो-माता, भगवती, अब भी दूध देती है, उसे बेचेगा ही क्यों ? उसका क्या दोष है ? तुम्हारा बुरा हुआ है कह रहे हो, हमारा तो कभी बुरा नहीं होता।"

"जाने दीजिए, जो होना था, हुआ।"

ओ. सी. ने पूछा, "कुछ लिखवाएँगे ?"

"नहीं। और आप अगर इस बूढ़े की बात मानें, तो जो लिखा है उसे भी फाड़ दीजिएगा।"

"मुझे काम सिखा रहे हैं ?"

"नहीं, भले के लिए कह रहा हूँ।"

"तहसीलदार ने आपकी दुकान के सामने ही हमला किया ?"

"वह तो नौकर है। कुँवर कहे, तो वह क्या करे ?"

उसके बाद लालबदन किसी गुप्त पीड़ा में कातर-सा बोला, "मैं ही क्या गाँव की छोकरियों से महुआ ख़रीदता ? तहसीलदार से लेता था, वही लेता।"

"लेकिन वह तो गैर क़ानूनी काम है।"

"क़ानून ! आप क्या उस तेतरी की डायरी लेकर कुँवर से बात करेंगे ?"

"पता नहीं। पर वे लोग कहकर गए हैं कि उन पर हमला न हो, यह हम देखें।"

लालबदन बोला, "महुआ का मामला भी हल हो जाएगा। कुँवर इतने

दिनों से सरकारी जंगल और सरकारी जमीन भोग रहे हैं, वे क्या छोड़ देंगे ? आप भी यह महुआ लेकर क्या करेंगे ?''

''आप न ले जाएँ तो वे लोग आकर ले जाएँगे, खा लेंगे।''

लालबदन समझ नहीं पाता कि क्या करे। बाजार उठ जाने के बाद पन्ना खरोयार और बिंदा सिंह चेहरा चादर से ढककर आए थे। तमंचा दिखाकर कह गए थे, ''वह महुआ तुम खरीद लोगे।''

''मुझे छोड़ दो।''

''बाइस बोरा माल, तीन सौ छियानवे रुपए होते हैं। आज रात दस बजे हम लोग आएँगे, रुपए तैयार रखना। तुम सुबह माल उठा लेना।'' ऐसा कहकर वे लोग चले गए थे।

लालबदन दारोगा से बोला, ''वे बेचना चाहें तो आएँ, रुपए ले जाएँ।'' फिर कुछ रुककर आगे कहने लगा, ''एक... एक समय ऐसा आता है दारोगा साहब, सब कुछ पहेली-सा लगता है। मैं जब यहाँ आया था, कितनी शांति थी। थाना बना, रोड बनी, डाकखाना बना, अब तो दो बसें भी आती हैं, ट्रकें चलती रहती हैं, और भी शांति होनी थी। किंतु सब बेकार। कुछ नहीं होने का ! लारातु कुँवर का ही रहेगा और विक्रम संवत् में पड़ा रहेगा।''

''विक्रम संवत् !''

बहुत दुखी स्वर में लाला बोला, ''कुँवर तो अंग्रेजी साल नहीं मानते। वे विक्रम संवत् मानते हैं। खैर, छोड़िए। वे महुआ दे जाते हैं, हम सब जिंदा रहते हैं। इसलिए इस बार भी महुआ ले लूँगा। लेकिन इसी साल, फिर नहीं।''

''क्यों, तहसीलदार का ट्रक आ जाने पर तो धंधा और जोर चलेगा।''

''कुँवर क्या बुद्धि नहीं रखता ? वह सब समझ गया है। उसका गुस्सा तहसीलदार पर है। और हाँ ! नया खेड़ी पर भी है।''

हेड सिपाही रात में लालबदन के घर पहुँचा। बोला, ''साऊ ! आखिर माजरा क्या है ? मुझे भी तो बताओ , यह सब क्या हो रहा है ?''

''मैं नहीं बता पाऊँगा।''

''क्यों ? किसके डर से ?''

"मुझे कुछ नहीं मालूम। और तुम भी भाई, आवाजाही बंद करो। अब समय बुरा है। जिले में उग्रपंथी घुस आए हैं। टाउन में बहुत इश्तहार चिपका दिए हैं, न जाने किन लोगों ने। 'पुलिस-जमींदार एक है ! पुलिस के कुत्तों को हम नहीं छोड़ेंगे।' उन उग्रवादियों को सभी ढूँढ़ रहे हैं।"

"तो हमें क्या चिंता ? कुँवर के डर से इधर कौन आएगा ? उनका जंगल तो यों ही पड़ा है।"

"हाँ, अपना जंगल साबुत रखकर सरकारी जंगल की कटाई कर रहा है और बेच रहा है। अब तुम जाओ !"

हेड सिपाही ने सांत्वना देकर कहा, "वैसे कितने इश्तहार तो कुँवर के नाम से भी बाँटे गए थे। वोट आने पर और भी कितने लगेंगे। इसे लेकर तुम सोचते ही क्यों हो ? एक बात सुनो, कोसिला खरोयार लिखना-पढ़ना जानती है।"

"जान ही सकती है। गणेश की बेटी है।"

"तुम डर क्यों रहे हो ?"

"क्योंकि मैं टाउन में जाता रहता हूँ। पुलिस लाइन में दोस्त भी बहुत हैं, ख़बर मिल जाती है। पुलिस आँख-कान खुला रखती है। सभी तो इस दारोगा की तरह अनपढ़ उजड्ड नहीं हैं।"

"नहीं तो क्या लारातु में पोस्टिंग होती ? सेकेंड अफसर नहीं आ रहा। आएगा भी क्यों ? लारातु में पुलिस को क्या फ़ायदा ? कुँवर पुलिस की मदद भी नहीं लेता, मुझे भी कुछ नहीं देता। कभी-कभी तहसीलदार ही कुछ देता है। अरे ! कुँवर देगा भी क्यों ? उसे थानेदार की क्या परवाह ? कभी-कभी डी.आई.जी. की मुट्ठी गरम कर आता है।"

"वह भी कहाँ करता है ?"

"हाँ, कुनारी भुँइन के मामले में पुलिस ने भी तो मदद नहीं की।"

"खेड़ा को देखो, भुतहा जंगल हो गया है।"

"कौन रहेगा वहाँ ? कोई आदमी नहीं रहता। बड़ी-बड़ी नागफनी और पत्थर के टीले के सिवा वहाँ कुछ भी नहीं है। कोई उधर से गुजरता भी नहीं।"

"अब तुम जाओ। मैं लेटूँगा।"

"इन इश्तहारों को लेकर चिंतित मत होना।"

"सब बेचकर चला जाऊँगा।"

"किसे बेचोगे ?"

"यहाँ रहना मेरे बस में नहीं। धनबाद का कोई मस्तान, पंजाबी बस मालिक, या कोई ठेकेदार, जो भी खरीददार मिले, बेच दूँगा।"

"लो, गोबीनाथ का बेल-पत्ता लो, सिरहाने रख लेना, गोबीनाथ तुम्हारी मदद करेंगे।"

"लाओ।"

हेड सिपाही चला गया। घना अँधेरा था, स्तब्धता थी चारों ओर। लालबदन चौकन्ना होकर बैठा रहा। कुँवरमहल की घड़ी में ग्यारह बजते ही उसके दरवाजे पर पन्ना खरोयार और बिंदा सिंह ने दस्तक दी।

लालबदन ने रुपए बढ़ा दिए। फिर बोला, "इस रसीद पर दस्तखत कर दीजिए।"

"रुपए दिए ज्यादा, रसीद में कम दिखाएँगे ?"

"तुम लोग यहाँ नहीं रहोगे, मैं रहूँगा। कम रुपए में खरीदा हूँ जानकर शायद कुँवर बख्श दे !"

"हम लोग इस पर दस्तखत नहीं कर सकते।"

लालबदन एक तेज दाव उनकी ओर बढ़ाकर बोला, "तब मुझे मार ही डालो।"

पन्ना खरोयार ने हस्ताक्षर कर दिए। उसने दबी आवाजं में बिंदा सिंह से कहा, "इसे विपदा में डालकर हमें क्या फायदा ?"

लालबदन बोला, "जंगल आफिस को तुम लोग मजबूर क्यों नहीं करते ? वे यदि सरकारी रेट से ले लें, तो वही ठीक होगा।"

"तुम्हारा कहना सही है ! किंतु यहाँ सरकार कुँवर की है, या गवर्नमेंट की, यही तो नहीं पता। और आदिवासी अगर महुआ का सरकारी दर पा जाएँ, तो यहाँ लाखों रुपए का धंधा कौन करेगा, यह भी तो सोचना पड़ेगा।"

वे लोग चले गए। लालबदन एक अँधेरी खाई में पड़ा था। ये क्या वही लोग हैं, जिन्हें पुलिस तलाश रही है ? किंतु पुलिस लाइन भी तो कहती है, कुँवर के इलाके में किसी भी अस्वाभाविक आदिवासी का सिर उठाना एक

असंभव-सी बात होगी।

कुँवर ! कुँवर ! इलाके के आठ हजार पेड़ों का महुआ तुम भोग रहे हो, बाजार में बेच रहे हो। ये लोग परमिट लेकर महुआ बटोरते हैं, लालबदन खरीदता है, इससे तुम्हें जलन क्यों है ?

बहुत भोर में जंगल-ठेकेदार हरनाम सिंह बटोवाले के ट्रक पर लालबदन ने बोरियाँ लाद दीं। ओ. सी. बोले, "इतने कम में खरीदा ?"

"उन्हें लेना होता तो यही कीमत देते।"

"महुआ में बहुत मुनाफ़ा है ?"

"हाट में जो आदमी दस पैसे का भुना हुआ मकई बेचता है, वह भी मुनाफा रखता है दारोगा साहब।"

दिनभर कुँवर नहीं आए, इससे दारोगा के मन में शांति थी। उनका घरेलू काम-वाम जो छोकरा कर देता था, उस बिट्टू को वह अपने घर से लाया था। बिट्टू से बोले, "आज साबुन से कपड़े धो दे। डाकखाना भी जाएगा, लिफाफा लाने। घर चिट्ठी भेजनी है।"

वन-विभाग के दफ्तर में पहुँचकर आज बीट अफसर को मौजूद देखा तो ओ. सी. चौंके भी, खुश भी हुए। बीट अफसर ने कहा, "आइए, आइए दारोगा साहब !"

फारेस्ट ऑफिस जहाँ था, वहीं बीट अफसर का क्वार्टर भी था। क्वार्टर के साथ बगीचा था, एक कुआँ था, कुछ यूकेलिप्टस के पेड़ थे।

"सुना, कुछ लोग आपके पास महुआ के बारे में शिकायत लेकर गए थे, और तहसीलदार सिंह के खिलाफ रिपोर्ट भी लिखवाई ?"

"वह कुछ नहीं। अच्छा बीट बाबू, आप लोग तो उन्हें महुआ बीनने के लिए पोरमिट देते हैं ?"

"आप भी 'पोरमिट' कह रहे हैं ?"

"आदत पड़ गई है। यहाँ सभी कहते हैं।"

"हाँ, मैं ही देता हूँ। दीवार पर देखिए, मैंने सरकारी निर्देश भी टाँग रखा है। उसमें जो लिखा है, सब तो कर नहीं पाता। लेकिन पोरमिट देता हूँ, जिसे देता हूँ उसका नाम, गाँव, तहसील, पंचायत आदि सारा रिकॉर्ड रखता हूँ। क्यों ?"

“तो सरकारी रेट पर खरीदते क्यों नहीं ? ऐसा करने पर ही न उन्हें पैसा मिलता।”

“चाय पीजिएगा ? मेरी पत्नी बहुत बढ़िया चाय बनाती है। वैसे चाय के मामले में मुझे एक सनक है, मैं राँची के ‘कुसुम ट्रेडर्स’ से ही चाय की पत्ती खरीदता हूँ। वे कलकत्ता से बहुत बढ़िया चाय मँगाते हैं। कलकत्ता गए हैं आप ?”

“एक बार। माँ को डॉक्टर को दिखाने।”

“चाय पीना तो वे ही लोग जानते हैं। रुकिए, मैं चाय ले आता हूँ।”

“चाय बन गई ?”

“मेरी बीवी समझदार है। मेरे पास कोई भी आता है तो वह तुरंत चाय बना देती है।”

चाय पहुँची। चाय वाकई अच्छी थी।

“हाँ, तो आप पूछ रहे थे, मैं महुआ क्यों नहीं खरीदता ? नहीं, मैंने यहाँ कोशिश भी नहीं की। आप कोमांडी गए हैं ? लापरा-डालटनगंज लाइन पर ?”

“नहीं।”

“वहाँ महुआ की कीमत सीधे आदिवासियों को देता था। और कोमांडी फारेस् में जो तीन हजार महुआ है, और बीड़ी पत्ते की खेती है, वह सब इसी श्रीवास्तव का किया है। आदिवासियों से पूछता था, कौन-सा पेड़ लगाऊँ ? वे कुछ बोलना ही नहीं चाहते थे। बाद में कहते, जो भी लगाओ, जमींदार के दलाल और अफसर ले जाएँगे। हमें कुछ भी नहीं मिलना।

“तब उम्र कम थी। सरकार की छपी हुई अरण्य-नीति पर यकीन था। मुझे भी जिद सवार हुई। डिपार्टमेंट से लड़-झगड़कर एक सीजन आदिवासियों को महुआ और बीड़ी पत्ते की उचित कीमत दे पाया था। नतीजन वहाँ का आदमखोर मोहन सिंह मेरे पीछे पड़ गया। बोला, ‘महुआ और बीड़ी पत्ते से मेरी आमदनी जानते हो ? तुम किस खेत की मूली हो ! वन मंत्री मेरे बेटे का ससुर है। अभी तो तुम्हारा तबादला ही करा रहा हूँ, नहीं तो तुम्हें मार डालना ही ठीक होता।’”

“थाने में नहीं गए ?”

''गया था। तब सरकार पर बहुत आस्था थी न, इसीलिए गया था। लेकिन उन्होंने शिकायत दर्ज नहीं की।''

''कितने अफसोस की बात है !''

''इसमें अफसोस का क्या है ? लारातु में मैं पहले भी था। पुराने किले के आसपास तब मैंने जी भरकर पेड़ लगाए थे।''

''वहाँ जंगल तो है।''

''गए हैं ?''

''सुना है।''

''मत जाइएगा। सड़क ही नहीं है। वहाँ जंगल क्यों है ? पर्यटन मंत्री ने ख्वाब देखा था, वहाँ टूरिस्ट सेंटर बनाएँगे। और सार्वजनिक निर्माण विभाग के मंत्री ने कहा था, सड़क नहीं बनेगी। फिर आर्कियोलॉजिकल सर्वे ने उसे आरक्षित क्षेत्र बना रखा है। इसीलिए कुछ नहीं हुआ। छोड़िए ! और सुनिए, वनज द्रव्य आदिवासी सीधे हमें बेचें या बाजार में, इसकी लड़ाई यह अधम तीन-तीन बार लड़ चुका है। अब और नहीं।''

''समझ रहा हूँ, बहुत मुश्किल है।''

''अठारह साल की नौकरी में शुरू से लेकर आज तक बीट अफसर ही रह गया। और एक बात मालूम है ? सरकार की जो नीति है, उसके अनुसार काम करने से सरकार खुश नहीं होती। गरीबों के ख़िलाफ़ लड़ने में सारी मदद कुँवर लोगों को मिलती है।''

''इसका...कोई उपाय नहीं ?''

''जो लोग मार खा रहे हैं, उपाय वे निकालें। नया खेड़ी के लोगों ने कुछ तो किया ही।''

''सरकारी कानून सरकार ही नहीं चाहती ?''

''अरे ! सरकार किसका हित चाहती है, यह भी कोई कहने की बात है ? आपने एक शराबी जानवर को हवालात में रखा। वह एम.एल.ए. का साला था, इसलिए आपको यहाँ तबादले पर भेजकर शिक्षा दी गई। मुझे तो हमेशा बतौर पनिशमेंट ही पोस्टिंग मिलता रहा। क्या करें ?''

''सही !''

''पलामौ के जंगलों की अंधाधुंध कटाई चल रही है। जमींदार-

डिपार्टमेंट-व्यवसायी पेड़ ले जाते हैं। 'फारेस् फॉर ट्राइबलस् !' वे दस मील चलकर सूखी लकड़ी बटोर लाते हैं और आठ-दस रुपए में बेचते हैं। देखता हूँ। फारेस् गार्ड एक बोझा लकड़ी का दो-एक रुपया ऐंठते हैं। यह भी देखता हूँ। लेकिन यह मत सोचिए, मैं बैठकर तनख्वाह लेता हूँ। उधर देखिए, वह जो बड़ा-सा बाग है, क्या देख रहे हैं ?''

''नर्सरी।''

''हाँ। चारा उगाता हूँ, वनों में रोपता हूँ, जो माँगता है उसे देता हूँ। अकसर वी.आई.पी. लोग धूमधाम से चारा लगाते हैं, मैं भी देता हूँ। यही न !''

''मैं चलूँ। आऊँगा कभी-कभी।''

''आइएगा। थाने में पेड़ लगाना हो तो बताइएगा, मैं चारा दे दूँगा। फारेस् आफिस तो जितने पेड़ लगाती है, उससे डबल पेड़ ये आदमखोर काटते हैं। नौकरी में क्या सोचकर आया था, और क्या हो गया !''

''कोई और नौकरी चुन सकते थे।''

''जंगल मुझे प्रिय है। फिर आइएगा।''

कपिल श्रीवास्तव के बारे में सोचते हुए ओ. सी. थाना लौटे। लारातु में कोई ऐसा भी आदमी है, यह तो पता ही नहीं था। शिक्षित लगे। मेज पर अंग्रेजी अखबार था। घर के अंदर कोई रेडियो पर शास्त्रीय संगीत सुन रहा था।

हेड सिपाही बोला, ''वह श्रीवास्तव ? वह पहले भी यहाँ था, तब लारातु में थाना नहीं था। हुजूर, कोई भला आदमी कभी उसके पास नहीं जाता।''

''क्यों ?''

हेड सिपाही बार-बार सिर हिलाता रहा।

''यह बहुत दुख की बात है। हुजूर उसके घर के और लोग डॉक्टर, एडवोकेट, सरकारी अफसर हैं। गया शहर में उन्हें कौन नहीं पहचानता ? ऐसे घर का लड़का होकर, छी, छी, छी, उसने एक विधवा से शादी की, यह आप सोच सकते हैं ? बीट अफसर ! इससे अच्छी नौकरी उसे मिली ही नहीं। लेकिन ऊपर भगवान हैं ! इसी से उसका कोई बच्चा नहीं, और खुद नौकरी

में भी कोई तरक्की नहीं कर पाया।"

"पत्नी दूसरे जात की है ?"

"स्वजाति होने से भी क्या, है तो विधवा ही !"

विधवा ! ओ. सी. के जीवन भर के संस्कार ने भी कहा, "छी, छी !"

ओ. सी. बोले, "जाने दो, दूसरों की बातों से हमें क्या ?"

"और मिजाज़ भी कितना दिखाता है ! रिश्वत नहीं लूँगा, फारेस् की चीज़ों का व्यापार नहीं करूँगा ! छोड़िए उसकी बातें।"

ओ. सी. यह समझने लगे थे, हेड सिपाही उसे बच्चा समझता है और खुद को उसका अभिभावक जताता है।

थाना में वापस लौटने से पहले ही दिन अच्छा बीता।

5

अपराह्न में तीन बजे के क़रीब थाना में जैसे एक धमाका ही हुआ। हवा में रूखे बाल फैलाए तेतरी एक बवंडर की तरह दौड़ती हुई थाने में घुसी और कहने लगी, ''जल्दी चलो दारोगा साहब, तहसीलदार के आदमी हम लोगों को मार रहे हैं, औरतों को पीट रहे हैं, और हमारी बोरियाँ उठाकर ले जा रहे हैं। हजारी भोगताइन का सिर फोड़ दिया। कह रहा है कि इस बार नया खेड़ी जला देगा।''

हेड सिपाही बोला, ''मत जाइए हुजूर !''

''बुलाइए, सिपाहियों को बुलाइए। यह 'ला-ऐन-आर्डर' का मामला है।''

''सब जाने से...''

''चलिए, चलिए, भजन यहाँ रहेगा।''

तेतरी बोली, ''जंगल के छोर पर हमें पकड़ा। औरतों पर हाथ उठाते हैं, ये कैसे मरद हैं ? नीमा का हाथ तोड़ दिया। हाय दारोगा साहब ! हम लोग कैसे इन लोगों से बचेंगे, इसका उपाय कीजिए।''

हेड सिपाही बोला, ''बस, बस करो तेतरी ! तुम्हारा गला कितना तेज है, बातें कितनी बुरी हैं, हाथ कैसे चलाती हो, यह सभी जानते हैं ! अब हुजूर का दिमाग खराब मत करो। तू क्या लीडर बन गई तेतरी ? उस दिन अपने नाम से रपट लिखवाई, आज भी तू ही आई है ?''

''क्यों, तुझे नहीं मालूम ? जानवर लोग बूढ़ी औरतों को भी नहीं छोड़ते, जवान बेटियों को किस भरोसे में भेजती ? हम काहे न रिपोर्ट

लिखवाएँ ? मैं भी छिटिजन हूँ, हाँ ! जब वोट माँगने आया था, तब कान कटे मोहर सिंह ने कहा था कि नहीं--तुम छिटिजन हो, तुम वोट दोगी।"

"छी...छी, 'कान कटा' क्या ?"

"उसके कान का छल्ला पकड़कर तहसीलदार ने नहीं खींचा था ? उसका कान नहीं कट गया था ?"

दारोगा ने पूछा, "वोट दिया था ?"

"ज़रूर ! ट्रक में बैठकर गई, पाव-रोटी खाई, दो रुपए मिले, वोट दे आई।"

नया खेड़ी बगल में छोड़कर पुलिस घूमकर आरक्षित वन में दाखिल हुई। एक पेड़ के नीचे काफी लोगों की भीड़ थी। तहसीलदार और उसके साथी बैठे हुए थे। निहत्थे बहुत से औरत और मर्द उन्हें घेरे हुए थे।

"पुलिस ! पुलिस !"

भक्त खरोयार पाँच लाठियाँ थामे खड़ा था। उन लाठियों के मूठ लोहे से जड़े हुए थे। यही मारणास्त्र था। एक लड़की लेटी हुई थी। उसका सिर लहू-लुहान था, चोट पर गमछा बँधा था। और एक लड़की का एक हाथ बुरी तरह सूज गया था। एक शिशु लगातार रो रहा था। सामने महुआ का ढेर छितराया हुआ था।

"क्या हुआ ?"

सब एक साथ कुछ बोलने लगे।

"एक आदमी बोले।"

कोसिला उठ आई। बोली, "मैं बताती हूँ। हम औरतों ने दिनभर महुआ इकट्ठा कर यहाँ जमा किया था। मरद लोग बोरियाँ लाने गए थे। बोरे आ जाएँ तो उनमें भरकर ले जाऊँगी।"

उसने उँगली उठाकर हिंस्र स्वर में आगे कहा, "वह ! वह तहसीलदार और वे लोग लाठी लेकर कूद पड़े। यह देखकर कि हम लोग औरतें हैं ! दनादन लाठी भाँजने लगे। हजारी का सिर फटा, नीमा का हाथ टूटा। हम लोगों की पीठ देखो, हाथ देखो। और बोला, कोई कुतिया महुआ न छुए। गुस्से में सारा महुआ छितरा दिया।"

तहसीलदार बोला, "औरत ! सब हँसिया घुमा रही थीं। मेरी टाँग पर

वार किया।"

कोसिला बोली, "अब तो हँसिया लाना ही पड़ता है रे कुत्ते !"

"मुँह तोड़ दूँगा कोसिला !"

"राजपूत का बच्चा हमें कुतिया कहे, और हम खरोयार होकर छोड़ दें ? तू कुत्ता तो है ही, नहीं तो कुतियाओं के पास क्यों आता ? और उस भीम सिंह और मोहन यादव ने भी कहा था, हमें उठाकर ले जाएगा। देखो दारोगा साहब, हमने खेड़ी में कभी ऐसी बातें नहीं सुनीं। सरकारी जमीन पर रहते हैं, सरकारी जंगल से महुआ बीनते हैं। किस हक से ये हम पर जुलुम करते हैं ?"

ओ. सी. बोले, "इतने लोग क्यों आए थे ?"

भक्त खरोयार बोला, "तेतरी मौसी हमें खबर देकर थाना गई। हम लोग न आ पड़ते तो...यह देखिए उनकी लाठी !"

तहसीलदार बोला, "तुम लोगों ने भी मारा।"

"तुम लोगों की किस्मत अच्छी थी कि मार नहीं डाला।"

"बाप रे, कितना मारा !"

"तुम्हारी लाठी से ही तुम्हें मारकर दिखाया कि तुम लोग बाप रे बाप कहकर चीखने लगे थे ! इन औरतों के गोद में बच्चे होते तो वे जिंदा रहते ?"

ओ. सी. बोले, "चलो सब, थाना चलो।"

तहसीलदार बोला, "हम भी जाएँगे ?"

"आप लोग ही तो असली हैं, सरकारी..."

"सरकारी क़ानून यहाँ नहीं चलता दारोगा जी ! महुआ पर हक़ कुँवर का है।"

"आप लोग कुँवर के नौकर हैं, मैं सरकारी नौकर हूँ। मुझे तो अपनी नौकरी बचानी है। इसलिए नियम भी मानना पड़ेगा। आप लोग रिपोर्ट दर्ज न कराएँ, तो इन्हीं लोगों का रिपोर्ट लिखूँगा। और, इन घायल लड़कियों को अस्पताल भी भेजना पड़ेगा।"

"आप जीवित रहेंगे ?"

ओ. सी. अपने स्वभाव के अनुरूप सहज मुस्कान के साथ बोले, "कौन

हमेशा जीवित रहता है तहसीलदार जी ? वह लाठी आपके सिर पर पड़ती तो आपका ट्रक-सर्विस और सॉ-मिल कौन भोग करता, यह भी सोचा है ?"

मोहन यादव और भीम सिंह ने तहसीलदार से पूछा, "यह क्या सुन रहे हैं ?"

तहसीलदार बेचैन हो उठा, और वहाँ से उठने लगा। तो भीम सिंह ने उसे बैठा दिया। बोला, "क्यों, इतनी जल्दी क्या है ?"

भक्त खरोयार बोला, "यह सब बातें छोड़िए। चलिए, थाना चलें। हम गाड़ी ले आते हैं, औरतें तो चल नहीं पाएँगी।"

"हाँ, थाना चलिए। और आप लोग थोड़ी समझदारी से काम लें। थाने में बैठकर सुलह कर लें।"

"हाँ...थाना...चलिए..."

भीम सिंह बोला, "काहे का सुलह ? इनको उजाड़कर रहूँगा। और..." फिर तहसीलदार की ओर देखकर बोला, "ओह ! तहसीलदार सिंह ! अब तेरा क्या होगा कालिया ?"

तहसीलदार खड़ा हो गया। दारोगा से बोला, "थाने पर जाने की क्या ज़रूरत है ? हम लोग हैं, ये लोग हैं, बातचीत हो जाए।"

मोहन यादव बोला, "कभी नहीं।"

तहसीलदार बोला, "मैं तुम लोगों के साथ नहीं आया, तुम लोग मेरे साथ आए थे। कुँवर के साथ कभी काम कर पाते ? मैं नहीं ले आता तो मोहन तो खतम हो जाता, पुलिस उससे ख़ार खाए बैठी थी। और गजन सिंह..."

तेतरी ने टोका, "तुम लोग अपनी बातें छोड़ो !"

"चुप रह तेतरी। अगर तू नया खेड़ी का भला चाहती है, तो चुप रह ! दारोगा साहब, इस झगड़े को यहीं निपटाइए।"

कोसिला बोली, "क्यों ? हम लोग केस करेंगे।"

तहसीलदार आहिस्ता, रुक-रुककर बोला, "खेड़ी बाँध का केस तू लोग जीत गई थी, इससे केस पर बहुत भरोसा हो गया कोसिला ? इस जिले में वैसी घटना बार-बार नहीं घटेगी। राजपूत बिरादरी देखेगी कि अछूत आदिवासी हमेशा दलित ही रहें !"

ओ. सी. बोले, "मैं कहता हूँ, तेतरी लोगों की बेइज्ज़ती हुई है, उन पर जुलुम हुआ है।"

गजन सिंह बोला, "अजीब बात ! आदिवासी औरत को पीटने से उसकी इज्ज़त जाती है ?"

नीमा उठकर खड़ी हो गई और गजन सिंह की ओर थूककर बोली, "आप यहाँ से जाएँ दारोगा साहब ! इनकी लाठियाँ हमने छीन ली हैं, हम दल में भी काफी भारी हैं। पत्थर फेंक-फेंककर मार डालूँगी इन हरामियों को ! उसके बाद आप हमें जेल भेजें, फाँसी पर लटकाएँ, गोली से उड़ा दें, हमारा घर फूँक दें।"

दारोगा को अब जैसे बिजली का झटका लगा। इन लोगों में क्रोध की अंदरूनी तरंग प्रवाहित हो रही थी। ये लोग अगर बैटरी हैं तो हर बैटरी चार्ज हो चुकी थी।

वे बोले, "झटपट करो।"

तेतरी बोली, "हम लोग पोरमिट लेकर सरकारी नियमानुसार सरकारी जंगल से महुआ बीनेंगे। क्यों री बेटियों, बीनेंगे न ?"

उनके मरद लोग चुपचाप खड़े थे, वे सिर्फ दर्शक थे।

लड़कियों ने कहा, "ज़रूर बीनेंगे।"

"महुआ की कीमत जो ज्यादा देगा, हम उसे बेचेंगे।"

"ज़रूर बेचेंगे।"

"तहसीलदार लोग जुलुम करे तो हम थाना को बताएँगे, फारेस् आफिस को बताएँगे, और कोई व्यवस्था न हो तो हम मारेंगे।"

"हाँ, मारेंगे !"

तहसीलदार अपने सूखे होंठों को चाटकर बोला, "ये सब महुआ बीनने आई थीं हँसिया लेकर।"

"जानवरों के डर से। आ न ! दारोगा बाबू, हम न तो लारातु महल की प्रजा हैं, न बँधुआ। हम लोग क्यों इनका जुलुम सहें ?"

तहसीलदार बोला, "ठीक है।"

ओ. सी. ने पूछा, "सब मान रहे हैं ?"

"कहा तो, ठीक है।"

"इनकी लाठियाँ वापस करो।"

कोसिला गुस्से में सुलगती हुई बोली, नहीं दूँगी। ये लोग उठा लें।"

भक्त खरोयार ने लाठियाँ पटक दीं। तेतरी बोली, "जाओ, जाओ तहसीलदार सिंह। तहसीलदार ! हाय हाय ! भीम सिंह, हाय हाय ! भागो, भाग जाओ सब !"

हाय-हाय का मतलब धिक्कार या छी-छी था।

तहसीलदार बोला, "महुआ का मामला। बहुत महँगा पड़ेगा तू लोगों को, समझी तेतरी !"

"जा, जा ! तेतरी जान की परवाह नहीं करती।"

ओ. सी. का सिर हिलता रहा, हिलता रहा। कोसिला बोली, "आप लोगों के सामने बात हो गई, अब आपकी भी जिम्मेदारी है।"

"तुम लोग...क्या तो कहते हैं...शांति भंग मत करना।"

कोसिला हँस पड़ी। बोली, "शांति कहाँ है दारोगा साहब ? और शांति तो हमने नहीं तोड़ी।"

उनके मरद बैलगाड़ी ले आए। नीमा और हजारी उस पर चढ़ाई गईं।

"स्वास्थ्य केंद्र ले जाओ, मैं लिख देता हूँ।"

ओ. सी. लौट गए। ये लोग देखते रहे। उसके बाद तेतरी बोली, "तू लोग जल्दी से महुआ उठा ! मैं जाती हूँ।"

"जाओ, तुम जाओ !"

पुराने किले में पहुँचकर तेतरी बोली, "बबुआ ! आज रात वे लोग नया खेड़ी जलाएँगे।"

"क्या हुआ था वहाँ ?"

तेतरी ने सारी घटना सुनाई।

बिंदा सिंह बोला, "क्या सोच रहे हो कपिल ? देख लो, नारी मुक्ति दल काम कर रहा है।"

"बीट बाबू, तुम इधर कैसे ?"

बिंदा बोला, "ये मेरे जिगरी दोस्त हैं। और...पुराने दोस्त भी।"

कपिल श्रीवास्तव बोले, "तेतरी।"

"नहीं बाबू ! हमने कसम खाई है।"

"बिंदा ! मेरी बात सुनो। यह रास्ता कुछ दूर का और दुर्गम होगा, लेकिन तुम लोग लगभग तीन मील दूर मोहनपुर के करतार सिंह बटरा के आढ़त से संपर्क करो। उसे मेरा नाम बताना। वह महुआ-धुना-लाख का बड़ा आढ़तवाला है। रेलवे का बड़ा ठेकेदार भी है। राजपूत बिरादरी उसे नहीं छेड़ती। वहाँ पैसे भी कुछ ज्यादा मिलेंगे। और, महुआ की इन घटनाओं का प्रचार भी वहीं से होगा। और लोग भी जानेंगे। इससे जंग लगा पहिया कुछ तो घूमेगा।"

"हाँ। इश्तहार भी बाँटेंगे।"

"मुझसे परिचय को राज रखना।"

"सरस्वती कैसी है ?"

"ठीक है। इश्तहार कैसा लिख रही है ?"

"बहुत अच्छा।"

"इस बार और तबादला नहीं, नौकरी से हाथ धोना पड़ेगा। और सुनो, वे लोग साँझ होते ही जंगल के रास्ते आएँगे। नया खेड़ी फूँककर दिवाली बिना मनाए कुँवर को नींद नहीं आएगी।"

"नहीं, हम लोग तैयार हो रहे हैं। तुम जा पाओगे न ?"

"यह मत भूलो, एक तरह से यह जंगल मेरा ही बनाया हुआ है। और बीट बाबू तो जंगल में घूमता ही है।"

कपिल चले गए। बिंदा बोला, "मौसी !"

"हाँ बबुआ, मैं भी चलूँ।"

"गाँव में ज़रूर पहरा रहे, सारी रात।"

"कौन सो पाएगा ?"

"कुँवर क्या खुद आएँगे ?"

"वह कम ही आता है।"

"बेटा आएगा ?"

"बेटा अभी तक मैदान में नहीं उतरा। वह सिनेमा हॉल बनाएगा, बाप से रुपया माँगता है।"

"तुम तो ख़बरों का जहाज हो !"

"बिना जाने चलता है ?"

तेतरी भी जंगल के रास्ते ओझल हो गई।

कुछ ही देर बाद जंगल पर कैसा तो आवरण छा गया। झुंडों में पक्षी अपने घोंसले को लौट रहे थे। हवा में महुआ की महक थी। चारों ओर सब कुछ शांत था, मानो झपकी में हो।

अनल बोला, "कपिल दोस्त है ?"

"हाँ, कपिल...सरस्वती..."

"सरकारी नौकरी चुना ?"

"शादी करनी थी, इसलिए नौकरी की ज़रूरत थी। बिहार है न ! एक तो विधवा लड़की, उस पर दूर का रिश्ता भी, उसी से शादी ! उसके बाद से एक के बाद एक पनिशमेंट पोस्टिंग होती रही।"

"विश्वस्त है न ?"

"मैं तो कई साल से उस पर भरोसा करता आया हूँ। अभी तक ठगा नहीं गया। चलो !"

परकल बिरजिया, बिंदा सिंह, अनल तलवार और विरल भोगता बाहर निकले। खाकी-हरी कमीज और पतलून पहने थे वे। कंधे पर बंदूकें थीं।

लारातु से जाने की एक ही पगडंडी थी। तहसीलदार लोग एक-के पीछे एक यानी सिंगल लाइन में आगे बढ़ रहे थे। कुँवर ने कह दिया था, 'नया खेड़ी जलाओगे, उसके बाद ही चेहरा दिखाओगे।'

जब वे लोग कुँवरमहल से चले गए, तब कुँवर ने अमरजीत को बुलाया था।

"क्या, तुम सिनेमा हॉल बनवाना चाहते हो ?"

"जी, पिताजी।"

"इस जंगल में ?"

"नहीं, शहर में।"

"शहर में हॉल तो है।"

"यहाँ नहीं, धनबाद में।"

"धनबाद में !"

"हाँ, और मैं फाइनैंसर भी पा जाऊँगा।"

"कौन ?"

"चंद्रभान ने जुगाड़ किया है।"

"तुम्हारा साला चंद्रभान !"

"जी, पिताजी। वह तो अब धनबाद में ही रहता है।"

"यह काम मत करना।"

"मैं लारातु एस्टेट लेकर पड़ा नहीं रहूँगा, यह तो पहले ही कह चुका हूँ।"

"इसे कौन देखेगा ?"

"मेरा समय आए, तब देखूँगा। सब मॉडर्न बना दूँगा। इतना पुराना ढर्रा मुझसे नहीं चलेगा।"

"मेरे बारे में नहीं सोचा।"

अमरजीत ने सोच-समझकर कहा, "आपको तो मेरी कोई ज़रूरत नहीं। मैं क्या देखूँ ? तहसीलदार सिंह के रहते तो मेरी ज़रूरत ही नहीं। वही सब जानता है, आपका विश्वस्त भी है !"

"ज़बान सँभालकर बात करो अमरजीत !"

"आप सच्ची बात क्यों नहीं सुन पाते ?"

"तहसीलदार मेरा कर्मचारी है !"

"आप लोगों के एक-एक काम की शहर में कितनी आलोचना होती है, मालूम है ?"

"बिरादरीवाले नहीं बोलते। कौन मुझ पर उँगली उठाएगा ? लारातु एस्टेट सबसे बड़ा है।"

"आप और आप लोग ! आप लोगों को लेकर ही बिरादरी चलेगी ? हमारी पीढ़ी की भी बिरादरी है। और हम नहीं चाहते कि वह सब भैंस, खेत, महुआ और बँधुआ लेकर एक के बाद एक कलंक की घटना घटे।"

कुँवर बोले, "ऐसा !"

"नहीं तो क्या ? तहसीलदार जो बोलेगा, वही ! वह क्या करता है, इसकी ख़बर रखते हैं ?"

"नहीं रखता ?"

"नहीं, पिताजी, नहीं।"

कुँवर ने बेटे की ओर छड़ी से इशारा करते हुए कहा, "यह पोशाक ! ये जूते ! वह गाड़ी ! तुम्हारे लफंगों के लिए मोटर-साइकिल ! यह सब उसी जंगल-जमीन-भैंस और कमियाओं से ही आता है।"

"मैं यह सब नहीं चाहता।"

"तुम, या धरमवीर की बेटी ?"

"मैं जो कहूँगा, वह भी वही कहेगी। आप क्या समझेंगे ! आप नहीं समझेंगे। मुझसे...मुझसे भी ज्यादा आपका अपना तो वह तहसीलदार है ! छोड़िए, बात से बात बढ़ेगी मैं चला।"

"अपनी माँ का हालचाल लेते हो ?"

"हर रोज। अबकी जाड़े में माँ को लेकर प्रयाग-विश्वनाथ-गया जी जाने की इच्छा है। हम सभी जाएँगे।"

"वह देखा जाएगा। घर से बगीचे में भी नहीं जाती...।"

अमरजीत ने बात आगे नहीं बढ़ाई।

कुँवर अपनी आरामकुर्सी पर बैठे रहे। भीम सिंह का भतीजा उनके पाँव दबा रहा था। मन चंचल होने लगा था, मन की भूख बढ़ गई थी। नया खेड़ी जलेगा, दीवाली होगी। कोसिला खरोयार को उठा लाएगा तहसीलदार, काफी दिनों से शिकार नहीं खेला था। अमरजीत भी एक दिन समझ जाएगा, आदमी के शिकार में कितना आनंद आता है ! कोसिला खरोयार !

तहसीलदार कितनी देर लगाएगा।

"रोहित !"

"मालिक !"

"चाँद को भेज दे।"

"जी मालिक !"

आए, चाँद आए। एक पाव उड़ेल दे। राँची के चिकित्सक ने मना किया था, किंतु ऐसे निषेधों को हमेशा मानना मुमकिन नहीं था। कुँवर ने कलाई घड़ी में समय देखा। तहसीलदार ! बहुत-बहुत दिनों के बाद आज शिकार खेलेंगे कुँवर।

तहसीलदार, भीम, जमादार, मोहन और गजन केड़से सूखी पत्तियाँ रौंदते हुए बढ़ते जा रहे थे। तहसीलदार सिंह सोच रहा था, अकेले भीम सिंह को हटा देने से ही चलेगा। नहीं तो वह कुँवर को ज़रूर बता देगा कि तहसीलदार ने लकड़ी चिराई का कारखाना खोला है, ट्रक-सर्विस में भी साझेदार बनने जा रहा है।

लेकिन दारोगा को कैसे हटाए ?

लालबदन को तो खुद के स्वार्थ में ही जीवित रखना ज़रूरी है। थानेदार और भीम !

कुँवर, अपने स्वार्थ में उन्हें हटा सकते हैं। तहसीलदार के लिए यह कैसे संभव हो ?

भीम थोड़ा मुस्कराया और बोला, "आज मज़ा आएगा।"

खून-जखम ज़रूरत पड़ने पर किया जा सकता है, और बहुत से काम की तरह इसे भी एक काम माना जा सकता है, किंतु हत्या में आनंदित होना तहसीलदार को पसंद नहीं था। भीम को अत्याचार में आनंद मिलता।

"अब नीचे की ओर उतरना है, उसके बाद ही नया खेड़ी है।"

तहसीलदार को दुख हुआ। उन लोगों ने बड़े सुंदर मकान बनाए थे। कैसा कुआँ खोदा था, कितना पानी है उसमें। इतना सुंदर गाँव। सब देखते-देखते जलकर राख हो जाएगा। बड़ी तकलीफ हो रही थी तहसीलदार को।

कोसिला, कोसिला, कोसिला ही क्या रहेगी ? अब उन्हें भी हवा लग गई है, मालिक के भोग में जाने से उनकी भी इज्ज़त जाती है ! इज्ज़त तो सवर्णों की और राजपूतों की जा सकती है। इनकी भी इज्ज़त है, यह तहसीलदार को मालूम ही नहीं था। कितनी बंधुआ लड़कियों को वह कितने सालों से कुँवर के लिए...अछूत-आदिवासी लड़कियों को कुँवर चिड़ियाखाना के चबूतरे पर ले जाते। रोशनी बुझाकर उन्हें भोग करने का नियम था, उस चबूतरे पर रोशनी ही नहीं थी। शेर की दहाड़ से छोकरियाँ डर के मारे ठंडी पड़ जातीं। कुँवर तो किसी को एक बार के बाद दुबारा पलटकर भी नहीं देखते थे।

उनमें से कुछ चीखती-चिल्लातीं, हुज्जत करतीं। उन्हें शेर के पेट में

जाना पड़ता।

बरजू को सब मालूम था। बरजू ! एकाएक तहसीलदार को बरजू कैसे याद आया ? उसके बाद तो बहुत बरस बीत गए हैं। क्या तो नाम था उस लड़की का ?

"कुनारी भुँइन !"

किसने कहा ? तहसीलदार चौंक पड़ा। और तभी उसकी छाती पर धक्का लगा, जिससे वह गिर पड़ा।

"क्या हुआ ?"

भीम तहसीलदार के ऊपर गिरा।

मोहन बोला, "तार ! पेड़ से पेड़ तक तार !"

"तार ?"

आँखों पर टॉर्च की तेज रोशनी पड़ी। बुझ भी गई। पीछे से किसने गला दबोच लिया ?

मोहन मिट्टी के तेल की शीशी और मशाल फेंककर भागने को हुआ।

"इतना आसान नहीं, मोहन यादव !"

अनचीन्हे चेहरे, खाकी-हरी पोशाकें, हाथों में बंदूकें।

"झटपट उनकी बंदूकें छीन लो, मैंने उन पर निशाना लगा रखा है, कोई भी हिला-डुला तो..."

"तुम लोग कौन हो ?"

"शोषित मुक्ति दल !"

"तुम लोग...क्या करना चाहते हो हमारे साथ ?"

दबी आवाज़ में जवाब मिला, "बात मत करो।"

"कहाँ ले जा रहे हो हमें ?"

जवाब में मोहन के मुख पर बंदूक की नली सटा दी गई। तहसीलदार के घुटने जवाब दे रहे थे, उसके दिल का लहू ठंडा पड़ गया था। उग्र...पंथी ! इन्हीं के डर से लालबदन अधिक कीमत देकर महुआ खरीद रहा था। इन्हीं के डर से वह कुछ कह नहीं पाता था।

तहसीलदार लोगों को खींचते हुए वे घने जंगल के और भीतर लिए जा रहे थे। किस जगह पर पहुँच गए, यह भी समझ में नहीं आ रहा था

किसी को। धक्का मारकर उन्हें एक पत्थर के सामने इन लोगों ने खड़ा कर दिया।

तारों की रोशनी में दिखता भी क्या ! इनमें हर एक ने नाक के नीचे रुमाल बाँध रखा था।

"हम लोग शोषित मुक्ति दल के हैं। जनता के हित में काम करते हैं।"

"हमें मत मारो मालिक !"

"मालिक ? हम लोग मालिक नहीं, जनता हमारी मालिक है। हमारी अदालत ने राय दी है, तुम लोगों को दंड दिया जाए।"

"मत मारो सरकार !"

इन्होंने आपस में कुछ बातें की। उसके बाद तहसीलदार लोगों की बंदूकें ही तान दीं उनकी ओर।

"देखो कुँवर के कुत्तों ! बंदूक की नाल का निशाना बनने के बाद कैसा महसूस होता है ?"

तहसीलदार बोला, "मैं...मैं तुम्हें रुपए दूँगा।"

भीम ने जंगली व अबोध असहायता में चेहरा ऊपर उठाया, और चीखने को हुआ।

खट् खट् खट् खट् गोलियाँ निकलीं। वे धराशायी हो गए।

बिंदा सिंह बोला, "उन्हीं की बंदूकें, उन्हीं की गोलियाँ !"

"अब ?"

"ढाल पर लुढ़का दो।"

"पेड़ पर अटक जाएगा।"

"लुढ़का दो। नीचे खाई है।"

"उनकी बंदूकें ?"

"तीन राइफल, लालच पर काबू पाना मुश्किल है। लेकिन यह भी लुढ़का ही दो। पुलिस धोखा खाएगी।"

पन्ना खरोयार बोला, "काम बहुत बढ़िया हुआ, लेकिन हम पकड़े भी जाएँगे। परंतु हम राइफल नष्ट नहीं कर सकते।"

"तुम लोग नया खेड़ी में छिपाकर रख पाओगे ?"

''रख पाएँगे।''

''समझ लो। किरोसिन की शीशी और मशाल घास पर फेंक दो। अब हम भी लौटें। इस विषय पर कोई बात नहीं होनी चाहिए पन्ना, चूँ शब्द भी नहीं।''

''अब शायद हम पकड़ लिए जाएँगे।''

''पकड़े तो जाएँगे ही। जंग पर उतरने से...''

''चलो।''

तहसीलदार नहीं लौटा, नहीं ही लौटा। रात बीत गई, भोर हुई, सूरज उगा। निचली पहाड़ी ढाल की खाई में युगों की सड़ी-गली पत्तियों और बारिश के पानी में तहसीलदार लोग पड़े रहे। लारातु महल से नया खेड़ी जाने का रास्ता तो एक ही था। वे नया खेड़ी नहीं गए थे यह तो स्पष्ट ही हो गया था जब भजन सिंह, मोतिहार यादव, तिलक सिंह और शेरदिल सिंह नया खेड़ी के लोगों से बहुत पूछताछ करने के बाद भी उनके बारे में कोई खबर नहीं बटोर सके। तेतरी हाथ हिलाकर बोली, ''हाँ, वो लोग आए थे। दारोगा साहब और हेड सिपाही ने भी देखा था ! दारोगा साहब के सामने ही वो लोग लौट गए थे। आएगा क्यों नहीं ? आया था, पीटा था औरतों को। नहीं तो नीमा और हजारी अस्पताल में क्यों पड़ी रहतीं ?''

''उस कमरे में क्या है, कमरा बंद क्यों है ?''

''हमने महुआ रखा है।''

ये लोग ध्यान से रास्ता भी देखते हुए गए। कहीं कोई भी चिह्न नहीं था।

कुँवर फट पड़े।'' पाँच आदमी कहाँ जा सकते हैं ? तू लोगों के होते मैं जाऊँगा ढूँढ़ने ?''

''कहाँ तलाशें ?''

''यह भी मैं बताऊँगा ? लालबदन के पास जा ! जाएँगे कहाँ ? कहाँ जा सकते हैं ?''

लालबदन ने लंबी उसाँस छोड़ी। बोला, ''मैं टाउन गया था, पहली बस से लौटा हूँ। मैंने तो नहीं देखा।''

क्रोधोन्मत्त कुँवर ने गाड़ी निकालने को कहा। बोले, ''ओ. सी. ! वह

ओ. सी. सब जानेगा।''

कुँवर खुद थाना पहुँचे। पहुँचकर बोले, ''पुलिस किसका सहारा बनने आई है ? मेरा, या नया खेड़ी का ?''

''क्यों कुँवर साहब ? पुलिस पब्लिक की नौकर है !''

''मेरी नहीं ?''

''पब्लिक तो सभी हैं। आपकी क्या सेवा कर सकता हूँ, कहिए।''

''तहसीलदार, भीम, मोहन, जमादार और गजन कहाँ हैं ?''

''मैंने तो उन्हें शाम के बाद नहीं देखा। वे तो लौट गए थे।''

''महुआ के मामले में आपने गाँव का पक्ष लिया ?''

''मैंने किसी का पक्ष नहीं लिया कुँवर साहब। औरतें महुआ बीन रही थीं, आपके लोगों ने जाकर उन्हें मारा-पीटा। दो लड़कियाँ अस्पताल में पड़ी हैं। और उन लोगों ने तो खुद ही आपस में सुलह कर ली थी। आपके लोग तो वापस चले गए थे।''

''आप सच नहीं बोल रहे। मैं सुपर के पास जाऊँगा।''

''यह आपकी इच्छा है। लेकिन मैं सच ही बोल रहा हूँ। आप चाहें तो यकीन करें, या न करें।''

''तहसीलदार से आपने क्या कहा था, ट्रक-सर्विस, सॉ-मिल...भीम बोलने जा रहा था, पर उस समय मैंने सुनना नहीं चाहा।''

ओ. सी. कुँवर के सामने खड़े थे। कुँवर के पीछे खड़े हेड सिपाही ने ओ. सी. की ओर देखा। उसकी आँखों में सतर्क करने का भाव था।

ओ. सी. ने जीवन में पहली बार अभिनय किया, और बुरा भी नहीं किया। उसने कहा, ''ओह ! वह बात !''

फिर हँसकर बोले, ''तहसीलदार ने खुद ही मुझे बताया था कि लकड़ी चिराई का कारखाना, ट्रक-सर्विस, यह सब लारातु एस्टेट में होगा जिसमें वह भी रहेगा। जो रुपया बाहर के लोग कमा रहे हैं, वह एस्टेट में आएगा।''

''क्या ! उसमें आपका भी कुछ हिस्सा रहता ?''

''नहीं कुँवर साहब ! मैं बहुत ही मामूली आदमी हूँ, जो तनख्वाह पाता हूँ, वही मेरे लिए पर्याप्त है। दुख बस इतना ही है कि घरवालों को तो यहाँ नहीं ला सकता। कभी अगर आपकी दया हो, मेहरबानी करके मेरे बारे में

कुछ अच्छी बातें बोलें, तो शायद मेरा तबादला हो जाए।''

''मैं कायस्थ की मदद कर सकता हूँ। किंतु हाँ, आप भी मेरी मदद कीजिए।''

''बोलिए, क्या करना है ?''

''नया खेड़ी जला दीजिए।''

''मैं मामूली आदमी हूँ, आपके मजाक के योग्य नहीं।''

''कुछ संजोग है दारोगा।''

''कैसा संयोग ?''

''शाम को वे लोग औरतों से जूते खाकर...''

''किसी ने जूता नहीं मारा।''

''अपमानित तो हुआ, सुलह तो किया। और क्या जूते खाता ? चार राजपूत, एक यादव, कुछ आदिवासियों से समझौता कर लौट आया और दारोगा खड़ा-खड़ा देखता रहा। हाय रे धर्म !''

''सुलह तो उन्होंने खुद ही की।''

''वह तो सुन चुका। धरमयुग समाप्त हो गया ? खतम ही हो गया होगा ! यह ख़बर, यह दर्प छोटी जातियों का, इस सबका कारण मालूम है ?''

''क्या ?''

कुँवर ने दीवार पर टँगे कैलेंडर पर छड़ी मारकर कहा, ''यही विलाइती संवत् ! इसीलिए मैंने लारातु में विक्रम संवत् कायम रखा था। जिससे कोई, कभी भी, धर्म का शासन न भूले। खैर, जाने दो ! तहसीलदार लोग जूते खाकर लौट आए, तब मैंने कहा, ''तुम लोग नया खेड़ी जला दोगे, जब मुझे यह ख़बर मिल जाएगी, उसके बाद ही दूसरी बात होगी।''

''आपने उन्हें गाँव जलाने के लिए भेजा था ?''

''यह कोई बड़ी बात तो नहीं। झुझार जला, खेड़ी उजड़ गया, नया खेड़ी जलेगा,–यह ऐसी कौन-सी बड़ी बात है ?''

अभी तक दारोगा का दिल धड़क रहा था। अब उसने खुद को काबू में रखते हुए कहा, ''कोई अपराध भी करे तो भी उसका घर जला देना मेरे अधिकार क्षेत्र से बाहर है।''

''मालूम था, आपसे नहीं होगा।''

दोनों ही खामोश हो गए। शाम की उस घटना के बाद क्या तहसीलदार नया खेड़ी जलाने गया था ? ओ. सी. किन लोगों के बीच काम करने आया था ? पहले छोटे शहर में था, पलामौ जिले में छोटा शहर जैसा होता है, वैसा ही था वह। वहाँ से मझले शहर में गया। वहाँ दंगे में बस्ती, दुकान, मकान जलते देखा था। इसलिए सोचा था, गाँव में शांति होगी। बतौर पनिशमेंट लारातु में पोस्टिंग मिली। सोचा था, यहाँ शहरी कोलाहल-रोशनी-दुकान-बाजार सिनेमा आदि नहीं होगा, यही सजा है। किंतु अब समझ में आया, सजा यह नहीं थी। कुँवर के अप्रतिरोध्य दबदबे और अत्याचार के राज में काम करना ही असली सजा थी। ओ. सी. ने सिर हिलाया।

''गाँव नहीं जला पाऊँगा।''

''मेरे आदमी तो जला देंगे।''

''इसमें मैं बाधा डालूँगा। आगजनी करना एक दंडनीय अपराध है।''

''ठीक है। तब आप मेरे आदमियों को ढूँढ़िए।''

''आप कहें, मैं लिख लेता हूँ।''

''मैंने जुबानी कह दिया, यह काफी नहीं ?''

''नहीं। लिख लेने का नियम है।''

ओ. सी. लिखने लगा !...''नया खेड़ी के लोगों ने उन्हें जान से मारकर गुम कर दिया है।'' सुनते ही ओ. सी. ने कलम रोक ली। बोला, ''आप उन्हें गुमशुदा कह सकते हैं, हत्या...गुम...यह सब तो साबित नहीं हुआ है।''

''जो आपकी समझ में आए, वही लिख लें। सरकार भी इस कैलेंडर पर आ गई है, विक्रम संवत् नहीं मानती। राजपूत बिरादरी में पुलिस बनने लायक योग्य लोगों की क्या कमी थी ? जो हो, झटपट उनकी तलाश करें।''

''लारातु से नया खेड़ी जाने का रास्ता क्या जंगल होकर है ?''

''ऐसा ही समझ लें।''

तलाश करना आसान नहीं होता। क्योंकि पन्ना के दल ने काफी पत्थर लुढ़का दिए थे, साथ ही सड़ी-गली पत्तियों का स्तूप।

लालबदन अत्यंत गंभीर और चिंतित होकर बैठा था। तहसीलदार और

भीम आदि को ज़रूर उन लोगों ने मार डाला है, पुलिस को खबर दे या चुप रहे ? खबर देने से लारातु महकमे में पुलिस छा जाएगी। कुँवर के मस्तान लोग हिंदी सिनेमा की भाषा में नया खेड़ी का एक-एक घर 'छान डालेंगे'। लड़कियों को उठा ले जाएँगे। गाँव जला देंगे। लालबदन ने उसाँस छोड़ी।

कुनारी भुँइन की घटना के बाद कुँवर मजबूरन कुछ निष्क्रिय हो गया था। वह फिर से विक्रम संवत् में लौट जाएगा।

लालबदन ने हेड सिपाही से कहा, "क्या करें ?"

"कुछ न करो साहू।"

"कुछ न करें ?"

"मैं तो कहूँगा, मुझे कुछ भी नहीं मालूम।"

"मुझे ही क्या मालूम है कुछ ?"

"पुलिस और कुँवर को तुम मदद दोगे ?"

लालबदन ने सिर हिलाया। "मैं कौन होता हूँ मदद देनेवाला ?"

"तुम्हें मालूम ही क्या है जो मदद दे पाओगे ? जानते हो कुछ ?"

लालबदन ने सिर हिलाया। "नहीं, सिपाही जी ! तुम लोगों को खिलाता हूँ, बाँका थाने को खिलाता हूँ, बहुत मुश्किल से अपना धंधा चलाता हूँ। लेकिन तहसीलदार लोग गए कहाँ ?"

"मुझसे कहकर गए हैं क्या ?"

"वे लोग महुआ बेचने के लिए भी नहीं आ रहे !"

"उस दिन की मार-पीट के बाद और आने की हिम्मत होती ?"

"बहुत अफसोस की बात है। और...यह तुम्हीं से कह रहा हूँ...एक औरत की हत्या करने के बाद कुँवर की इतनी बदनामी हुई, उसके बाद भी उस दिन उन्होंने औरतों को मारा-पीटा, गाली-गलौज की, यह उचित नहीं था।"

"अब तहसीलदार की लकड़ी चिराई के कारखाने का क्या होगा ?"

"वह तो तुम्हारे नाम से है।"

"हाँ, मुझे बीस भाग देने की बात कहा था।"

"वह लौटेगा, तो लेगा। और अगर न लौटा, तुम्हें मुफ्त में मिल जाएगा। तब बँटवारा साठ-चालीस में होगा। तुममें-मुझमें। क्यों, यह खुद ही

सोच लेना।"

लालबदन गंभीर बेचैनी लिए बैठा रहा। वह राजपूत नहीं था। व्यापार करने आया था। धंधा संकट में पड़ जाए, तो वह भी खतम हो जाएगा।

उसने संकल्प लिया, कि इस मामले में पुलिस जो समझे करे, और लोग जो समझें करें, वह खुद किसी से कुछ कहने नहीं जाएगा।

तहसीलदार की तलाश चलती रही, चलती ही रही। और उधर झुझार, नाढ़ा, कोकार, गाइबानी, चैतपुर, माझापुरा, बड़ाटोली, गाँव से गाँव, थाना से थाना, इश्तहार बँटता रहा–

* नारी मुक्ति दल गठन करो।

* जंगल के महुआ का मालिक तुम हो, तुम मालिक को बेचने के लिए मजबूर नहीं।

* सरकार ने तुम्हें अधिकार दिया है, तुम सरकारी जमीन से महुआ उठा सकती हो, जंगल के उत्पादन पर तुम्हारा हक़ है। जो तुम्हें सरकारी दर दे, उसे बेचो।

* सरकारी जमीन के महुआ के पेड़ों पर भी तुम्हारा अधिकार है।

* मालिक-जमींदार का अत्याचार और सहन मत करो !

* नारी मुक्ति दल गठन करो।

कुँवर के बिरादर ने एस.पी. से कहा, "आप कुछ नहीं करेंगे ?"

"उन्होंने तो ठीक ही लिखा है। वे सरकारी जंगल का जो महुआ बीनते हैं, उसे तो वे बेच ही सकते हैं। आप लोग सरकारी जंगल का सामान भी लूट लेते हैं, इसीलिए वे इसका विरोध कर रहे हैं।"

"वाह, अद्‌भुत ! और यह 'नारी मुक्ति वाहिनी' क्या चीज़ है ?"

"आप लोग सभी विक्रम संवत् में पड़े हैं, या ईसापूर्व के किसी साल में ?"

"मज़ाक कर रहे हैं ?"

"बिहार में नौकरी करूँ और जमींदार से मज़ाक करूँ, इतना मूर्ख समझ लिया है मुझे ? हम तो सरकार के नौकर नहीं, आपके नौकर हैं। आप लोगों

को नाराज करने के बाद कोई एस.पी. कोई जिला कमिश्नर पलामौ में नौकरी कर पाया है ? बिहार सरकार का नाम आज भारत में इतना सड़ चुका है कि उससे दुर्गंध निकलने लगी है, यह सब तो आप ही लोगों की मेहरबानी से !"

कैलाश सिंह का भाई बोला, "अरे साब ! भारत की चिंता छोड़ें, बिहार की बातें छोड़ें, पलामौ के बारे में सोचिए।"

"वही लो ! पलामौ आप लोगों के लिए तो सारी दुनिया है !"

"सही बात !"

"लेकिन क्या आप लोग कोई ख़बर ही नहीं रखते ? महिलाओं का मामला अब बहुत महत्त्वपूर्ण हो गया है। चाहे भारत सरकार हो या बिहार सरकार, सर्वत्र नारी समस्या को प्रधानता दी जा रही है। मैं भी राजपूत हूँ। किंतु रूप कँवर की घटना के बाद से तो नारी प्रसंग को अत्यंत अहमियत दी जा रही है। भारत का नाम भी दुनिया में बहुत नीचे गिर गया है।"

"क्यों, नीचे क्यों गिरा ?"

"हम औरत को जीवित जला देते हैं, दहेज के लिए जला देते हैं, यह सब ख़बर क्या बाहर नहीं जाती ?"

"अरे ! विदेशी भारत की बात क्या समझें ? रूप कँवर ने तो 'राजपूत' नाम को पवित्र बना दिया है। हमने भी देवराला में रुपए भेजे हैं। ऐसी महासती जितनी बनें, उतना ही अच्छा।"

"पलामौ में एक महासती बनाकर तो देखिए, क्या होता है !"

"साहब ! कोई किसी को सती नहीं बना सकता। और सती शक्ति जिसमें जाग जाए, उसे कोई रोक भी नहीं सकता। यह आप नहीं समझ सकते।"

"नहीं, मैं नहीं समझ सकता। अब आप लोग तशरीफ़ ले जाएँ।"

"नारी मुक्ति दल के ख़िलाफ़ कुछ नहीं करेंगे ?"

"क्या करना है ? सभी दल बना रहे हैं, औरतें भी बना सकती हैं।"

"कैसे मालूम कि वे उग्रपंथी नहीं हैं ?"

"वे उग्रपंथी हैं, ऐसा कोई प्रमाण मिलने पर हम खुद ही कार्यवाही करेंगे।"

"लगता है, अब हमें भी फौज रखनी पड़ेगी।"

"फौज तो आप लोग रखते ही हैं।"

शक के कारण कुँवर की हालत विस्फोटक थी। तहसीलदार के बारे में कुछ भी पता नहीं चला, इससे क्या समझा जाए ? अपना उसूल तोड़कर एक दिन वे कपिल श्रीवास्तव के पास पहुँचे।

"आपको कुछ मालूम है ?"

"क्या मालूम होगा कुँवर साहब ?"

"तहसीलदार-लोग कहाँ गए ?"

"मैं कैसे जानूँगा ? आपको तो मालूम है, मैं अपनी ड्यूटी करता हूँ, किसी से मिलता-विलता नहीं, कोई मेरे पास आता भी नहीं।"

"जंगल में घूमते तो हैं ?"

"मेरी नौकरी तो यही है।"

"क्या हो सकता है ?"

"कैसे कहूँ ? पुलिस कुछ नहीं कर रही ?"

"नहीं, कुछ भी नहीं।"

"पूरा जंगल देख लिया ?"

"एक दिन में तो नहीं, कई दिनों में।" कहकर कुँवर ने तेज आँखों से कपिल को घूरा। फिर बोले, "महुआ के साथ कोई सम्बंध है।"

कपिल चुप रहे।

"ये कौन से पेड़ हैं ? जो मेज पर रखे हैं ?"

"एक शौक है। इसे बोनजई कहते हैं।"

"बोनजई ? इसका मतलब ?"

"बड़े पेड़। उन्हें बढ़ने नहीं देता। छोटे से ही इन्हें बढ़ने नहीं दिया जाता। यह इमली है, यह छतनार, यह पीपल, और यह पलाश।"

"इससे क्या लाभ ?"

"बस, आनंद के लिए।"

"कितने दिनों से रखे हैं ?"

"छतनार माइथन से लाया था, इसे...हाँ, लगभग दस साल तो हो गए।"

"दुर्भाग्य तो आपका ही पीछा करेगा। छतनार, मैंने सुना है, श्मशान का पेड़ है। इसे कोई घर में नहीं रखता।"

"मैं तो जंगल में खूब उगा रहा हूँ। इससे फारेस् को बहुत रेवेन्यू मिलेगा। फूल, छाल, और आधा वैद्य लोग खरीदते हैं, दवा बनाते हैं। सूखे पेड़ की लकड़ी से ब्लैकबोर्ड बनता है।"

"बोनजई किस काम में आएगा ?"

"अगर बोनजई उगाना सीख लिया, तो रिटायर हो जाऊँगा या नौकरी छोड़ दूँगा। अब एक-एक बोनजाई हजार रुपए में बिकता है।"

"मज़ाक मत कीजिए। कहाँ बिकता है ?"

"दिल्ली, बंबई, बड़े-बड़े शहरों में।"

"जंगल में महुआ नहीं लगाते ?"

"कुछ लगाया। उन्हें बढ़ने में बहुत समय लगता है।"

"नहीं, महुआ लगाइए। उसमें मेरा रेवेन्यू है।"

कपिल चुप हो गए।

"क्या झमेला शुरू किया ये—नया खेड़ी ! अब आटे-दाल का भाव मालूम हो गया होगा। अपने-अपने घरों में महुआ लेकर बैठे हैं। लारातु में और घुसते ही नहीं। अब वे मुझे ही बेचेंगे।"

"उन्हें ख़बर पहुँची ?"

"ख़बर आपके गार्ड पहुँचाएँगे। उन्हें भेजिए।"

"महुआ की खरीद-फ़रोख्त के लिए क्या मैं उन्हें जाने के लिए कह सकता हूँ ? रिपोर्ट हो जाएगी, मेरा तबादला हो जाएगा।"

"बदली होना नहीं चाहते ?"

"नहीं। आप हैं, बहुत शांति में हूँ।"

"इसे याद रख सकें तो अच्छा।"

किंतु कुँवर साहब जैसे बहुत से मालिकों को ही चौंकना पड़ा। नया खेड़ी में

महुआ नहीं था, वे सब बेच आए थे।

झुझार, नाड़ा, कोकार, गाइबानी, चैतपुरा, माकापुरा, बड़ाटोली, किसी गाँव में महुआ नहीं था।

"किसे बेचा ?"

कोसिला बोली, "जो सबसे ज्यादा कीमत देता है, उसे बेचा, और बेचूँगी।"

"कौन है वह ?"

"क्यों बताएँ ?"

कुँवर का आदमी मोतीहार यादव बोला, "मुझे नहीं बोलेगी तो पुलिस को तो बोलेगी ?"

कोसिला प्रत्यंचा चढ़े धनुष की तरह तनकर खड़ी हो गई। बोली, "वे दिन भूल जाओ, पुलिस बुलाई और हम दौड़े गए। नहीं तो उठाकर ले गई। जमींदार-पुलिस के जुलम की तो तुम्हें आदत पड़ गई है, लेकिन हम अपना महुआ और लूटने नहीं देंगे।"

"तू क्या नारी मुक्ति दल की जनरल है ?"

"जो हूँ, सो हूँ। जा–भाग !"

नया खेड़ी में अगर कोसिला खरोयार थी, तो झुझार में थी कोसिला बिरजिया। नया खेड़ी की औरतें अगर कुँवर के लोगों से लड़कर अपनी मर्जी से महुआ बेच सकती थीं, तो वे भी ऐसा कर सकती थीं। कोसिला बिरजिया की उम्र अवश्य चालीस के आसपास होगी, किंतु मेहनती शरीर होने के कारण देह पर प्रौढ़ता की छाप नहीं थी। झुझार की कोसिला नया खेड़ी की कोसिला से बोली, "अब एक मीटिंग बुलाओ।"

"किसलिए ?"

"महुआ का समय तो पार हो गया। लेकिन गाँव-गाँव की औरतों में बहस चल रही है, इसके बाद क्या होगा ?"

"देखें, तब तो एक मीटिंग करनी पड़ेगी। पर गाँव-गाँव से दो-एक से ज्यादा मत लाना।"

तेतरी बोली, "जो आए, वह बच्चों के सिर पर हाथ रखकर कसम खाकर आए कि सभा की कोई भी बात किसी को नहीं बताएगी।"

कोसिला बिरजिया बोली, "मौसी, अभी तक तो काट डालने से भी कोई कुछ नहीं बोलती। बाँका पुलिस हम लोगों को क्या कम परेशान कर रही है ?"

"तेरी बेटी का समाचार मिला ?"

कोसिला म्लान मुस्कराहट के साथ बोली, "जो बेटी लेबर कंट्राक्टर के साथ लारी में बैठकर यह कहकर चली जाए—"कपड़ा-लत्ता, रोटी और रुपया मिलेगा माँ !"—उस बेटी का समाचार कभी किसी को मिला है, जो मुझे मिलेगा ?"

"ख़ैर, छोड़ ! तू सुन तो गई सब।"

कोसिला खरोयार बोली, "तुम लोग अपनी बात खुद कहोगी।"

"औरों को ख़बर कौन देगा ?"

"मौसी देगी। तुम लोग महुआ का पैसा मत छोड़ना। वह तुम्हारा श्री-धन है। मरद लोग छीन न लें।"

"जा, घर जा बिरजाइन। बहुत दूर जाना है तुझे।"

अभी तक किसी इतिहासकार ने या पंडित ने पलामौ के इतिहास की अग्रगति की घटनाओं को लिपिबद्ध नहीं किया। वह इतिहास लिखा जाता तो सही दिशा निर्धारित होती। प्रशासन-पुलिस-सामंततंत्र का शुभ विवाह, जो अविनाशी बना हुआ था, किन-किन आंदोलनों से उसकी नींव हिल उठी थी, और किन लोगों ने उस इतिहास को रचना शुरू किया था, वह अब भी नहीं लिखा गया है। शायद कोसिलाओं के बच्चे उसे लिखेंगे।

यह इतिहास उन्हें ही लिखना पड़ेगा। उच्चवर्ण के उल्लसित पंडितों ने उन्नीसवीं शताब्दी में पलामौ के चेरो और खरोयारों के विद्रोह की घटनाओं को नहीं लिखा था। इस शताब्दी में भी वे इन नीरव विद्रोह की घटनाओं को नहीं लिखेंगे। समाज में हमेशा दबाकर रखे गए लोगों का विद्रोह अंग्रेजों के शासनकाल में, और स्वाधीन भारत में भी, सर्वाधिक दंडनीय अपराध माना जाता रहा। इसके बावजूद अवहेलित, शृंखलित, दरिद्र और धनी के इस अद्भुत मिलन क्षेत्र पलामौ में अभी, इसी क्षण, नया इतिहास रचा जा रहा

है। उसी इतिहास की एक कड़ी है, नारी मुक्ति वाहिनी।

अड़ोस-पड़ोस के गाँवों से सब पहले नया खेड़ी पहुँची थीं। फिर रात के समय सब नया खेड़ी और जंगल के बीच की एक जगह पर एकत्र होकर बैठ गए थे। कोसिला बिरजाइन को लगा था कि बिंदा सिंह और अनल तलवार का कंठ स्वर कुछ जाना-पहचाना है। फिर याद आया, इन्हीं स्वरों ने एक दिन पूछा था, लेबर ठेकेदार किन-किन लोगों को ले गया, उनके नाम बताओ !

बिंदा सिंह ने कोसिला खरोयार से कहा, ''उनसे कहो कि अपने गाँव का नाम और अपना नाम बताएँ, तुम लिखती रहो। बोलो तुम लोग !''

''झुझार–कोसिला बिरजिया।''

''नाढ़ा–चमारी दुसादिन।''

''कोकार–कुंती नागेसिया।''

''गाइबानी। तितली भुँइन।''

तेतरी बोली, ''तितली ! तू तो भैंसा है।''

''और तू घोड़ी है।''

''चैतपुर। कोसिला गंजू।''

''माकापुरा-पुतली पारहाइया।''

''बड़ाटोली-छगनी भुँइन।''

बिंदा बोला, ''महुआ बेच पाई ?''

''हाँ, बेचा। हरनाम सिंह को। अब हर साल हम उसी को बेचेंगे।''

''जो जिस गाँव से आई, वह उस गाँव के नारी मुक्ति दल का मुखिया बनेगी।''

पुतली पारहाइया बोली, ''हमें कुछ कहना है।''

''बोलो, तुम्हीं लोगों को तो बोलना है। पहले यह बताओ, यह जो महुआ बेचा, उसमें किसी ने अड़ंगा नहीं लगाया ?''

''बाप रे ! कुँवर के लोग, पुलिस चौकी ने हमें कम परेशान किया ? हम भी जूझते रहे।''

''जूझो, जूझना ही पड़ेगा। लूटते-लूटते उनकी तो आदत ही पड़ गई न ? कुछ साल में ठंडे हो जाएँगे।''

"फारेस् गार्ड भी तो हिस्सा माँगते हैं।"

"देखो, तुम लोगों को क्या-क्या हक़ है, इसकी जानकारी तुम तक पहुँच जाएगी। गरीब और आदिवासियों का जंगल के फल और उपज पर पूरा हक़ है।"

कोसिला खरोयार बोली, "रुपए मिलने पर तुम लोगों ने उसका क्या किया ?"

"यह तुम ही बता दो, उसका क्या करें ? कुछ तो पेट की भूख मिटाने में खर्च हुए, जो बच गया, सो है।"

"मर्दों को दिया ?"

"जो ढोकर ले गए, उन्हें कुछ दिया।"

"यह कमाई औरतों की है। तुम लोग खुद ही तय करो, क्या करोगी।"

"फारेस् का धाक (पलाश) पत्ता भी ले पाएँगे ?"

"सरकारी जमीन पर जो है, ले सकती हो।"

पुतली पारहाइया बोली, "मैं पत्तों का दोना और पत्तल बनाऊँगी, बाजार में बेचूँगी। माकापुरा के पास से बस चलती है, भात-रोटी के होटल खुल गए हैं। वे खरीदेंगे।"

बिंदा सिंह बोला, "अभी क्या करोगी ?"

सबने कोसिला बिरजाइन को आगे बढ़ा दिया। छगनी बोली, "बबुआ ! तुम्हारा समय बरबाद करने से तो कोई फायदा नहीं। हमने आपस में बतिया लिया है। हमारे बीच कोसिला बिरजाइन पढ़ सकती है, अपना नाम लिख सकती है।"

"सच, कोसिला ?"

"बहुत कम जानती हूँ। माँ तो मिशन के बगीचे में काम करती थी। तभी..."

"तो तुम्हीं बोलो।"

"कहाँ से शुरू करूँ ?"

तेतरी बोली, "संक्षेप में बोल।"

"हाँ...बहुत कुछ याद आ रहा है...अब सीधी बात बबुआ, जंगल

हमारा जीवन है। जंगल तो खतम होता जा रहा है। काठ का व्यापारी, मालिक, थाना-पुलिस सब लोग मिलकर जंगल काट रहे हैं और ट्रक में, रेल में लाद रहे हैं।''

''वह तो मालूम है।''

''हमें तो सालभर जंगल ही जिंदा रखता है! अब दस मील पैदल जाकर लकड़ी लाएँ, दस मील लौटकर फिर बेचें दस या बारह रुपए में। उसमें भी फारेस् गार्ड को दो-एक रुपए बिना दिए उससे छुटकारा नहीं मिलता। पहले तो घर के पास ही जंगल था। अब जंगल लगातार दूर होता जा रहा है।''

''मौसी, तुम लोग तो पेड़ काटकर ही लकड़ी लाती हो ?''

''वह क्या पेड़ है बबुआ ! हम तो साल, सिमर, धाक, कोसेम, कोई कीमती पेड़ नहीं काटते। फारेस् आफिस लगाती है, फारेस् आफिस काटती है। पहले बाँस का जंगल था, अब कहाँ है ?''

'' 'जंगल बचाओ' अभियान चलाना पड़ेगा।''

''कैसे ?''

''इसके लिए बहुत प्रचार चाहिए। यह नारी मुक्ति दल अकेले नहीं कर सकती। शोषित मुक्ति दल काम करेगा। तुम लोग भी साथ दोगी।''

कोसिला बिरजाइन व्यंग से मुस्कराकर बोली, ''जो लोग वोट माँगने आते हैं, वे सभी कहते हैं, दलित, शोषित, आदिवासी, गरीब पर जुलम बंद करेंगे।''

''कोई करता है कुछ ?''

''कैसे करे बबुआ ? ठाकुर और ब्राह्मन ही तो आते हैं। जुलुमबाज खुद आते हैं और कहते हैं, जुलुम बंद करेंगे।''

''हम प्रचार करेंगे, इश्तहार बाँटेंगे। हमें गाँव-गाँव के पुरुष भी चाहिए। औरत, मरद, जो भी जुलुम का शिकार हो, वही शोषित मुक्ति दल में आ जाए।''

''आएँगे, आएँगे। सभी तो जुलुम के शिकार हैं।''

''उसके बाद शहर के करीब तो नहीं, दूर में लगातार कुछ लकड़ी ढोते ट्रक रोकने पड़ेंगे। फारेस् के बड़े आफिस और टाउन के पुलिस साहब के

पास रिपोर्ट करोगी।''

''इससे काम होगा ?''

''देखा ही जाए। और जब वे जंगल काटने जाएँ, तब भी लड़ना पड़ेगा। वहीं पर। बिना लड़े कुछ नहीं मिलेगा मौसी। यही तो काम मिल गया। यही काम चलेगा।''

''हाँ...समझ गई।''

लंबी, इकहरी, किंतु तंदुरुस्त कुंती नागेसिया ने हाथ उठाया, ''मैं भी कुछ बोलूँगी।''

''बोलो बहन।''

कुंती बोली, ''कुँवर का गुंडा शेरदिल सिंह लगातार हम लोगों के पीछे घूमता है।''

''क्यों ?''

''कहता है, चल, कुँवर के जंगल में काम करेगी। पैसे मिलेंगे। जवान औरतों के लिए काम है।''

''क्यों कहता है, समझती हो ?''

''कैसे न समझें भैया ? जितनी लड़कियाँ आईं, और जितनी लड़कियाँ नहीं आईं, सबकी इज़्ज़त पर तो मालिक लोगों का अधिकार चला आ रहा है। कुनारी भुँइन को लेकर बहुत शोर उठा था, किंतु कुनारी तो पहली लड़की नहीं थी, और आखिरी लड़की भी नहीं भैया। अब और नहीं सहा जाता।''

बिंदा सिंह बोला, ''इसके लिए शोषित मुक्ति दल लड़ेगा। यह लड़ाई जारी रहेगी। एक कुँवर जाता है, दूसरा कुँवर आता है। आदत पड़ गई है। और यह आदत इसीलिए पड़ी है, क्योंकि तुम लोगों ने लड़ाई नहीं की। बाधा नहीं दिया।''

''कौन हमारे साथ था ? किससे शिकायत करती ? कौन थाना रिपोर्ट लिखता ? सब तो मालिकों के गुलाम हैं।''

तेतरी खैनी मल रही थी। सबको खैनी देकर उसने खुद भी एक चुटकी मुँह में डाली, फिर बोली, ''कुनारी भुँइन की ख़बर अख़बार में छपी तो इतना शोर हुआ। खैर, अब सारी बातें तो हो चुकीं।''

कोसिला बिरजाइन बोली, ''इससे एक काम तो हुआ ही। अब हमें

कोई कहे कि 'कमिया है, लुकमा (नाश्ता) और एक सेर धान लेकर काम कर' तो हम उसके पीछे नहीं दौड़ते।"

"यह साहस कैसे बटोरा ?"

"अब तो रेलगाड़ी में बैठकर राँची, धनबाद, टाटा--किसी भी दूर देश जा सकते हैं, काम भी कुछ न कुछ मिल ही जाता है।"

"कमियौती ग़ैर क़ानूनी है।"

"वे क़ानूनी काम कब करते हैं ? वे अपने क़ानून से चलते हैं। अब हम कभी-कभी काम छोड़कर भागते हैं। उन्हें भी आदमी नहीं मिलता। हम सीधे बोल देते हैं, हम लुकमा या धान नहीं लेंगे। रुपए दो, तो काम करूँ।"

"कितना मिल जाता है ?"

"चार-पाँच-छह, जो मिले ! अच्छा बबुआ, हम चलें।"

"अब अपने-अपने गाँव लौट पाओगी ?"

"रात झुझार में रह जाएँगे। सुबह अपने-अपने घर लौट जाएँगे।"

वे चली गईं। तेतरी बोली, "अख़बार में छपवाओ। उसी से काम बनेगा।"

"सब क्या संभव होगा ?"

"सब हो जाएगा।"

कोसिला खरोयार बोली, "तहसीलदार निकले तो मुश्किल होगा।"

"रोज पत्थर डालते हैं, दब जाएगा।"

तेतरी बोली, "बहुत जोर बच गए। किंतु बबुआ, फिर ऐसा काम मत करना। पकड़े जाओगे, नया खेड़ी जलेगा, तुम भी मरोगे..."

"फिर कोई आ जाएगा मौसी !"

कपिल श्रीवास्तव बोला, "क्या तेतरी मौसी ! अब काहे का पोरमिट ?"

"धाक पत्ता लूँगी।"

"क्या करोगी ?"

"पिलेट बनेगा, कटोरा बनेगा। चावल के होटल में बेचूँगी।"

"जितने लोगों को चाहिए, सब एक साथ आना।"

"इतवार को आऊँगी। बहूजी कहाँ हैं ?"

"अंदर। क्यों ?"

"घास की चटाई लेगी बोली थी।"

अंदर के कमरे में तेतरी ने सरस्वती के सामने घास की चटाई उतारी। आहिस्ता बोली, "कागज है। और इस कागज की जल्दी भी है।"

तेतरी बाहर निकल आई। कपिल से बोली, "हमें पेड़ लगाने के काम में कब लगाओगे ?"

"समय आने दो, लगा दूँगा। और ऊपरवाला हाँ कह दे तो नई चीज़ सिखाऊँगा।"

"क्या ?"

"फारेस् जहाँ पतला है, वहाँ मूमफली लगाएँगे।"

"होगा ?"

"हो सकता है। टोड़ी की तरफ तो उगता है।"

"कटहल और जामुन लगाओ। हमें खाने को मिले।"

"अगली बारिश में तुम लोग गाँव में लगा लो, मैं चारा दे दूँगा।"

"बहूजी को काम दे गई !"

कपिल श्रीवास्तव और तेतरी भुँइन खड़े-खड़े खाई देख रहे थे। कपिल ने भौंहों को सिकोड़कर कहा, "और भी पत्थर डालते रहना पड़ेगा।"

"कुछ अस्वाभाविक दिख रहा है ?"

"बहुत स्वाभाविक तो नहीं लगता, हालाँकि पुलिस इधर भी देख गई है।"

"एक बार नहीं, कई बार।"

"कितने दिन हो गए ?"

"दो महीने तो हो ही गए।"

"कैसे हिसाब निकाला ?"

"उसके अगले दिन स्वास्थ्य केंद्र में परमी खरोयार की बेटी जन्मी। परमी को बुखार होता था। उसे एक महीने की दवा मिली। उसके एक महीने

बाद फिर दिखाने को बोला था। कल गई थी, तभी तो दो महीने हुए।''

कपिल ने सिर हिलाया। फिर कहा, ''तुम लोग इस फारेस् के पेड़ कभी नहीं काटोगे, इसे याद रखना। जलाऊ लकड़ी के लिए बाहर जो बावला, गिटा, कुरुम के पेड़ हैं, वह काफी हैं।''

''इस वन में लकड़बग्घा नहीं है, भेड़िया नहीं है, तभी हम बच गए। होने पर वे ज़रूर पहुँच जाते।''

''मौसी, लकड़बग्घा-भेड़िया नहीं, सबसे भयानक जानवर आदमी है। यहाँ हर वक्त पत्थर और मिट्टी डालती रहो। कहीं जानकारी मिल गई तो जो होगा वह सोचने से भी मैं डरता हूँ।''

कपिल श्रीवास्तव चलने लगा। बोला, ''प्राइवेट जंगल कोई नहीं रख सकता, यह ग़ैर क़ानूनी है। पर, कुँवर ने रखा है ! और, इस जिले में तो उस तरह का काम करनेवाले भी नहीं हैं, होते तो गैर-मजरुआ जमीन पर आदिवासी लड़कियाँ एक साथ कोपारेटिव बनाकर साबुई घास लगा सकती थीं, या और कोई पेड़।''

''कैसे लगातीं ? गैर मजरुआ जमीन भी तो मालिक के शिकंजे में है। वह लड़ाई अभी नहीं शुरू कर सकते।''

''नया खेड़ी में कुछ कटहल, जामुन, पपीता लगा लो। खुद खा सकोगी, बेच सकोगी। कुछ समय लगेगा ज़रूर, गाँववालों से कहो।''

''सिर्फ़ बहूजी लिख दें। ये लोग छपवा लेंगे।''

''ठीक है, जाओ ! धाक के पेड़ों को नंगा मत कर देना।''

''नहीं, ऐसा क्यों करेंगे।''

''ठीक है।''

6

इश्तहार फैलता रहा, फैलता ही रहा। एस. पी. ने फारेस्ट डेवलपमेंट कार्पोरेशन के डिप्टी मैनेजिंग डाइरेक्टर को घर पर बुलवाया। बोले, ''अगर आप शाम की चाय हमारे यहाँ पिएँ तो मेहरबानी होगी।''

''आख़िर बात क्या है ? अभी उसी दिन तो आपकी लवली के जन्मदिन पर चाय पी आए।''

''अभी माँ और बेटी तो राँची में हैं।''

''हाँ, भाभी कॉलेज में पढ़ाती जो हैं !''

''और बेटी वहीं पढ़ती है।''

''यानी घर भी खाली है !''

''चाय पिला पाऊँगा।''

''आऊँगा।''

डी.एम.डी. अपनी मोटर साइकिल पर ही पहुँचे।

''गाड़ी क्या हुई ?''

''फारेस्ट के ख़िलाफ़ भ्रष्टाचार के इतने चार्ज हैं, उसके बाद भी गाड़ी अपने निजी काम में लगाऊँ ?''

''आपके ख़िलाफ़ बहुत से चार्ज हैं, है न ?''

''बहुत। जंगल की कटाई रोकने की कोशिश में क्यों लगा हूँ, जंगली इलाके में आदिवासियों को लेकर मीटिंग क्यों करता हूँ, जंगल का रेवेन्यू बढ़ाने के लिए कत्था, कुसुम और पलाश का प्लांटेशन क्यों बढ़ा रहा हूँ, क्यों

बीड़ी पत्ते के जंगल को प्रोटेक्शन दे रहा हूँ...ऐसे ही ढेरों चार्ज हैं।''

''होंगे ही। एक तो आप राजपूत नहीं।''

''वही तो सबसे बड़ा अपराध है।''

''इससे शेर और सिंहों के स्वार्थ में आघात पहुँचा है।''

''यहाँ कुछ भी नहीं किया जा सकता। बिहार एक दूसरी ही दुनिया है। और पलामौ तो...''

''विक्रम संवत् में पड़ा है।''

''ओह ! उस लारातु के कुँवर की याद दिला दी। उसे देखकर मुझे...''

''राजपूत बिरादर !''

''ख़ैर, छोड़िए, चाय पिलाइए।''

''भाभी तो स्वस्थ हैं न ?''

''डालटनगंज में कोई स्वस्थ रह सकता है ?''

''उनका बोनजई उगाने का काम चल रहा है ?''

''चल रहा है। और हमारा डिपार्टमेंट ! कपिल श्रीवास्तव जैसे काबिल आदमी को बीट अफसर बनाकर ही रख दिया।''

''बहुत बड़ा अपराध किया, है न ? विधवा से शादी की।''

''वह तो पुरानी बात है।''

''अपराध, अपराध ही बना रहता है।''

''उसे जंगल के बारे में हमसे अधिक तजुर्बा है। किंतु उसे किसी काम में नहीं लगाया जा सका। उसके लिए कुछ करना भी मुश्किल है। लेकिन हाँ, एक बढ़िया काम किया है उसने। एक अद्भुत जंगल तैयार किया है उसने। उसे हमने प्रोटेक्टेड कर दिया है, क्योंकि वहाँ साल है।''

''कुँवर के क्षेत्र से बाहर है न ?''

''हाँ।''

''लीजिए, चाय आ गई।''

''कायदे से चाय दे पाता है ?''

''मेरी बीवी उसे अपने मायके से लाई थी। यहाँ छोड़ गई, ताकि मुझे तकलीफ न हो। आपके तो घर पर लक्ष्मी है, होम-कुकिंग खा पा रहे हैं।

बच्चे भी मामा के पास रहकर पढ़ रहे हैं। निश्चिंत हैं आप।''

''क्या किया जाए, यहाँ कहाँ पढ़ाता ?''

''न ! बिहार का कोई भी शहर माफिया-मुक्त नहीं रहै। सरकारी नौकरी में आना ही बेवकूफी थी।''

''अब कहें, क्यों बुलाए थे ?''

''आपने इश्तहार देखे हैं ? इसीलिए बुलाया था। यह देखिए।''

''देख चुका हूँ। मेरे दफ्तर के सामने के पेड़ पर भी लगाया गया है।''

'' 'फारेस्ट कानून में है' कहकर जो कुछ लिखा गया है, वह क्या सच है ?''

''हाँ...सच है...यह सिर्फ वन-विभाग का क़ानून नहीं। अब तो पर्यावरण का प्रदूषण रोकना, वनों की रक्षा करना, वृक्षारोपण के लिए उत्साह देना, सारी दुनिया में ही महत्त्वपूर्ण माना जाता है।''

''सो तो माना ही जाता है।''

''भारत सरकार ने आदिवासियों को वनज द्रव्य लेने का अधिकार भी दिया है।''

''वे महुआ भी लेंगे ?''

''पहले हम उन्हें पैसा देकर महुआ उठवाते थे। अब भी उठवाते हैं। नियम है कि वह महुआ वन-विभाग में जमा होगा। किंतु ऐसा कभी नहीं होता। जमींदार छीनकर ले जाते थे, और बाजार में बेचते थे।''

''इसमें फायदा रहता है कुछ ?''

''नहीं रहेगा ? वन-विभाग मजदूरी देकर महुआ बिनवाए, और उसे छीनकर वे बेचें ! पालकी थाना के बारह-चौदह गाँवों में पाँच हजार महुआ के पेड़ हैं। हमारे दफ्तर ने दो-चार रुपए मजदूरी देकर पंद्रह-बीस हजार औरतों से वह महुआ बिनवाया। जिसने न खर्च किया, न मेहनत की, वह वही महुआ छीन ले और आठ-दस लाख में बेच दे, तो लाभ किसका ?''

—''गॉड !''

''महुआ वे खाते हैं, उसके बीज से तेल बनता है, छिलका बिकता है। महुआ एक कैश-क्रॉप है।''

''फिर क्या हुआ ? आपको तो घाटा हुआ ?''

“वन-विभाग को घाटा होता है, किंतु कुछ अधिकारियों को फायदा होता है।”

“हाँ...समझ गया।”

“थाना पाता है, अफसर पाते हैं।”

“तो फिर नया खेड़ी में क्या हुआ ?”

“सरकार ने संशोधित कानून में आदिवासियों और गरीबों को जंगली उपज पर अधिकार दिया है। सरकारी जमीन और सरकारी जंगल से वे वनज द्रव्य खुद बटोर सकते हैं, बाजार में बेच सकते हैं।”

“तो फिर नारी मुक्ति दल ने कोई गैर क़ानूनी काम नहीं किया ?”

“नहीं सिंह जी ! नहीं किया।”

“आइडिए को तो उन्होंने पकड़ ही लिया है। और भी दस-बारह गाँवों में एक ही काम हुआ।”

“मैं बहुत खुश हूँ। जंगल के बारे में सरकार ने क्या-क्या अधिकार दिए हैं, हमने तो इसके प्रचार की कोई व्यवस्था ही नहीं की थी। लोगों को जानकारी दी ही नहीं गई।”

“क्यों ?”

“जानकारी देने की क्षमता हमारे हाथ में नहीं। न अखबारों में छपता है, न रेडियो में प्रचार किया जाता है। वे जान गए हैं और खुद ही प्रचार कर रहे हैं, इससे मैं खुश हूँ।”

“सर्कुलर तो बहुत मिलता है आपको।”

“यह सब सरकारी दिखावा है। लेकिन हाँ, अब एक निर्देश आया है, ‘लोगों को अरण्य के बारे में सचेत करो।’ मैंने सभी जगह सूचना भेज दी है, गाँववालों के साथ मीटिंग करो, तीन दिवसीय कैंप लगाओ, उन्हें समझाओ कि वे पेड़ न काटें, बल्कि पेड़ लगाएँ। पता नहीं कितने लोग इस पर अमल करेंगे, नारी मुक्ति दल की बात भी कहाँ तक फैलेगी। जितना फैले, उतना ही अच्छा।”

“मतलब कि यह इश्तहार सही है ?”

“पक्का। आपको सरकारी सर्कुलर भेज दूँगा।”

“आप इसके ख़िलाफ़ कोई कार्यवाई नहीं करेंगे ?”

“नहीं। मैं तो नया खेड़ी में एक सतर्कता-शिविर लगाना चाहता हूँ।”

“डिपार्टमेंट नाराज नहीं होगी ?”

डी.एम.डी. मुस्कराए। बोले, “इस प्रसंग पर पटना से तलब किया गया था। मुझ पर आरोप था कि मेरी लापरवाही के कारण गांववाले मुनाफा लूट रहे हैं, फारेस्ट रेवेन्यू गँवा रहा है। मैंने एम.डी. से कहा, पिछले बीस साल फारेस्ट को महुआ से एक पैसा रेवेन्यू नहीं मिला। फारेस्ट से धंधा तो और लोग चलाते हैं। अब सर्कुलर में जो कहा गया है, गाँववाले उसके अनुरूप ही काम कर रहे हैं।”

“आप पर भी सरकारी कोप पड़ेगा।”

“लैट देम। मैं और नौकरी करना भी नहीं चाहता।”

“कहाँ जाएँगे ?”

“अब जगह की कमी नहीं। एनवायरन्मेंटल स्टडी और रिसर्च की व्यवस्था हो गई है। साउथ में बहुत है।”

“आप से मुझे ईर्ष्या हो रही है।”

“यहाँ काम करना मुश्किल है। प्राइवेट फारेस्ट कोई नहीं रख सकता, लेकिन कुँवर के जंगल में कोई हाथ लगाकर देखे !”

“यह काम मत कीजिएगा।”

“नहीं। धड़ पर अगर सिर रखना हो...”

“कुँवर कुछ भी कर सकता है।”

“पता नहीं कैसा आदमी है !”

“यह इश्तहार भी देखिए !”

“देखा है।”

“क्या यह ग़ैर कानूनी है ?”

“सिंह जी ! गैर कानूनी तो नहीं।” यह तो...कहते कहते वे रुक गए, बोले, “थोड़ी और चाय लाने के लिए कहिए।”

“जाता हूँ, बोल आता हूँ। खाना पका रहा है, सुन नहीं पाएगा।”

एस.पी. अंदर गए। डी.एम.डी. कमरे का मुआयना करने लगे। कमरे की सजावट खास नहीं थी। कुछ कुर्सियाँ, एक मेज, बुक-शेल्फ में कुछ किताबें, मैगजीन। दीवार पर बेटी के साथ सुखी दम्पति का चित्र। एस.पी.

की पत्नी सामाजिक-आर्थिक नीति पर शोध भी कर रही थी।

एस.पी. लौट आए।

"चाय के लिए कह दिया। क्या देख रहे हैं ?"

"हिंदी सिनेमा में एक ईमानदार इंस्पेक्टर के घर पर भी जो असबाब रहता है, आपके पास तो वह भी नहीं।"

"नहीं। ब्रिटिश जमाने के इस घर को सजाना क्या संभव है ? पर भाभीजी ने जो बोनजई दिया था, उसे नीलम ले गई है। उसे बहुत पसंद था।"

"क्या बोनजई बनाया है कपिल ने ! बेजोड़ ! उसी के आइडिए से तो छतनार उगाने पर बल दिया।"

"हाँ, तब क्या कह रहे थे ?"

"चाय पी लें। कुछ नए कैसेट्स खरीदे क्या ?"

"नहीं। दिनभर वक्त ही कहाँ मिलता है।"

"सुना कि लातेहार के माधोलाल को मार ही दिए ?"

"इससे मामला बहुत आसान हो गया। बलात्कारी, हत्यारा, डकैत, उसे कौन हिरासत में रखता, जब यह मालूम है कि कुछ ही महीने बाद उसे छोड़ देना पड़ेगा। पुलिस ने सीधे मार डाला। पुलिस की हत्या करनेवालों को पुलिस छोड़ देती ?"

"माफिया ! माफिया !"

"लीजिए, चाय आ गई।"

"चाय वाकई बढ़िया है।"

"मोती बनाता भी अच्छा है। खुद भी बहुत चाय पीता है न !"

"मेरी पत्नी चाय नहीं पीती। मुझे भी कहती है दूध पीने के लिए। बहुत बखेड़ा करती है !"

"नीलम को चाय का बहुत चस्का है।"

"आपने लव-मैरिज की थी ?"

"अरे, मत पूछिए ! हाँ...अब बोलें !"

"लगता है यह जानकारी बहुत ज़रूरी है ?"

"हाँ प्रकाश जी ! बहुत अर्जेन्ट है।"

"इस इश्तहार में गैर-क़ानूनी कुछ नहीं है। पलामौ के जंगल ध्वंस

करनेवाले कौन लोग हैं, यह सबको मालूम है। डिपार्टमेंट है, थाना है, टिंबर मर्चेंट है, मालिक है। हम अगर रोजाना दस हजार पेड़ लगाते हैं, तो पच्चीस हजार पेड़ कट जाते हैं।''

''रियली ?''

''हालाँकि यह कहा जाता है कि गाँववाले पेड़ काटकर जंगल साफ कर दे रहे हैं। लेकिन वे झाड़ियाँ काटते हैं। यद्यपि वह भी ग़ैर क़ानूनी है। इस इश्तहार में कहा गया है, काठ ढोनेवाले ट्रकों को रोकना होगा, माल गोदाम में लेना होगा, अपराधी को दंड देना होगा। हम भी तो सर्कुलर भेजते हैं, यह काम जो कर पाएगा उसे हम पुरस्कृत करेंगे।''

''किंतु शोषित मुक्ति दल यह काम क्यों करे ?''

''यह आप लोग समझें। मैंने तो अपना धीरज बहुत पहले ही खो दिया है। मैं जो कर नहीं पाता, वह और कोई करे, इसी में मुझे खुशी है।''

''आप चाहते हैं कि...''

''राजपूत बिरादरी, जंगल ऑफिस, टिंबर मर्चेंट और पुलिस की अशुभ साँठ-गाँठ को एक झटका लगे। वे ट्रक रोक लें, तो आप क्या करेंगे ?''

''पुलिस एक्शन नहीं लूँगा। किंतु मेरी समस्या कुछ और है।''

''शोषित मुक्ति दल नाम को लेकर ?''

''हाँ। डी.आई.जी. कनविंस्ड हैं कि यह एक उग्रवादी संगठन है। मैंने तो ऐसा कुछ नहीं पाया...मुझ पर ऊपर से दबाव डाला जा रहा है...पर मुझे कुछ नहीं मिला...बस एक ही बात से खटका लगता है, कुँवर के पाँच मस्तानों का क्या हुआ ?''

''एक ख़बर दे जाता हूँ, दरियाफ्त कर लीजिएगा।''

''बोलें।''

''मैं रिश्वत नहीं लेता, लूट में हिस्सा नहीं लेता, इससे असुविधाएँ भी बहुत हैं, पर सुविधाएँ भी हैं। ख़बर-वबर मिल जाती है !''

''कैसी ख़बर ?''

''ग़ैर कानूनी लकड़ी चिराई का धंधा अब बहुत लाभजनक है।''

''सो तो होगा ही।''

''लारातु रोड पर लालबदन बनिया ने अचानक...लगभग छह महीना

पहले, आरा मशीन खरीदी है।''

''उससे क्या ?''

''बहुत बड़ा है ऊँची दीवारों से घिरा, बड़ा सा-मिल है।''

''वह...खरीद ही सकता है।''

''वहाँ तो और लोग पेड़ काटकर ले आते हैं, वह चिराई करता है। कुछ टिंबर मर्चेंट के साथ उसकी साँठ-गाँठ है। पर, ख़बर यह है कि इस आरा मशीन का सारा रुपया ही तहसीलदार सिंह का था।''

''कितने रुपए ?''

''बड़ा सॉ-मिल है ! पचास-साठ हजार रुपए तो लगे ही होंगे।''

''तहसीलदार का उसमें कहीं नाम है ?''

''नहीं। लेकिन टिंबर मर्चेंट मोहनलाल बहुत गुस्से में है। वह वहाँ पेड़ चिराई के लिए इसीलिए ले जाता था क्योंकि इसमें उसका अपना स्वार्थ था। तहसीलदार ने उससे वादा किया था कि कुँवर के जंगल का साल उसे देगा। तहसीलदार खुद गया था मोहनलाल के पास।''

कुछ रुककर डी.एम.डी. आगे बोले, ''मोहनलाल का कहना है, तहसीलदार के साथ तीन-चार लोग और थे। उन्हें वह नहीं पहचानता। लेकिन इस प्रस्ताव को लेकर तहसीलदार पिछले साल से बातचीत कर रहा था।''

''मेरे पास वह यह सब कबूल करेगा ?''

''कर सकता है, नहीं भी कर सकता है। किंतु गुस्से में है, शायद बोल भी दे।''

''ओह...तब तो यह संभव है कि तहसीलदार भाग गया है, कम से कम उसके भागने का एक कारण तो मिल ही गया। देखें...इस एक दबाव से मुक्त हो सकूँ तो भी जान बचे।''

''काफी रात हो गई। अब मैं चलूँ।''

''इन बातों को राज रखिएगा।''

''ज़रूर।''

''नौकरी शायद मेरी भी न रहे।''

''ऐसा क्या ? आप तो राजपूत हैं।''

''इनकी लाइन पर नहीं चलता, इसलिए बिरादरी का कलंक जो हूँ।''

"नौकरी छोड़नी पड़े तो क्या कीजिएगा ?"

"और नौकरी नहीं करूँगा। राँची-पलामौ के सरहद पर राँची साइड में जमीन है। वहाँ मॉडर्न फार्म बनाऊँगा। या इंडस्ट्रियल सिक्यूरिटी दफ्तर खोलूँगा। रिटायर्ड पुलिसमैन, आर्मी अफसर अब यही करते हैं। मैं शिक्षित हूँ, राजपूत हूँ तो क्या, इन गँवार राक्षसों की गुलामी कैसे करूँ ? पटना में मेरे बॉस लोग भी तो मुझसे नाराज ही हैं।"

"सावधान रहिएगा।"

"अवश्य। रिवाल्वर लेकर सोता हूँ।"

"सिंह जी ! तिरासी में इन लोगों ने जिला कमिश्नर की गाड़ी में टाइम-बम रखा था।"

"मालूम है। गाड़ी में डी.सी. नहीं था, उसका ड्राइवर था।"

"ऐसी बहुत कहानियाँ सुना सकता हूँ।"

"मैं भी। फिर कभी।"

"हाँ, आपके फार्म में बैठकर सुनूँगा।"

"आप भी सतर्क रहिएगा।"

"रहता हूँ। लेकिन मैं भाग्यवादी हूँ।"

"था नहीं, मैं भी बनता जा रहा हूँ। अच्छा, गुडनाइट !"

एस.पी. कमरे में आए। "मोती, ए मोतीराम !"

"का, बाबू ?"

"दरवाजे-खिड़कियाँ बंद करो, खींचकर देख लो।"

"आप नहा लो।"

नहाना, खाना, सब कुछ एक रुटीन था। नीलम और लवली के होने पर यही रुटीन एक उत्सव जैसा लगता।

शोषित मुक्ति दल ! शोषित मुक्ति दल ! डी.आई.जी. की ब्रीफिंग याद आई एस.पी. को।

"उग्रवादी राजनीति सबसे बुरी है।"

"जी सर।"

"देखो क्या हो रहा है बिहार में। मैं तुमसे कहे देता हूँ, यह आई. पी. एफ. और शक्तिशाली बनेगा।"

"आपको ऐसा ही लगता है ?"

"यह तो होना ही है। करप्शन, जात-पात की लड़ाई, शोषण और गरीबी तो बिहार के खून में समा गया है। हाँ सिंह, मुझे मालूम है कि क्यों नक्सलपंथी सिर उठा रहे हैं। लेकिन हमें तो यह देखना है कि नियम और शृंखला भंग तो नहीं हो रहे ?"

"लॉ एंड आर्डर तो बिहार में है ही नहीं सर !"

"ऐसा मत कहो। यह देखो कि वे पलामौ में न घुस सकें।"

"ज़रूर देखूँगा।"

"जमीन के मालिक भी फौज बनाएँगे।"

"वे फौज रखते हैं।"

"अभी मस्तान, खूनी, गुंडा रखते हैं।"

"जी सर !"

"वह आर्मी नहीं। अब आर्मी के रिटायर्ड लोगों को रखेंगे।"

"इस विषय पर कोई निर्देश है ?"

"जस्ट नक्सलाइट टाइप ऑफ मूवमेंट रोको। यू विल गो फार।"

"यस सर।"

किंतु एस.पी. के मन में अब भयंकर द्वंद्व छिड़ा था। क्या किया जाए ? अभी तक लॉ एंड आर्डर विघ्नित नहीं हुआ था। हो तो सकता है और न हो तो ? उग्रपंथी कहलाकर नाम कर पाना बहुत अच्छा है। किंतु मीडिया का आक्रमण हो तो ?

परिवार में या ससुराल में सभी नौकरी-पेशावाले हैं। राजनीति में कोई नहीं था। कोई उद्योगपति भी नहीं था। यानी उन्हें कोई विपत्ति आए, तो उनकी रक्षा कर सके, ऐसी कोई 'लॉबी' नहीं थी।

अभी तुरंत वे नौकरी छोड़ना भी नहीं चाहते थे। परंतु नीलम नहीं चाहती थी कि वे पुलिस की नौकरी करते रहें।

नीलम शांति चाहती थी।

शांति अब कहाँ पर है ?

मोहनलाल से मिलना पड़ेगा।

शोषित मुक्ति दल ! ख़बर तो लेनी पड़ेगी। टाउन में उनके कौन

लोग हैं ?

मोहनलाल बोला, "तहसीलदार भाग गया ?"

"मैं तो पूछ रहा हूँ।"

"मैं उसे नहीं छोड़ूँगा।"

"तो यह सच है कि आपसे मशविरा करने के बाद ही उसने सॉ-मिल खोला ?"

"सॉ-मिल का आइडिया तो उसी का था। बहुत दिनों से चक्कर लगा रहा था।"

"कितने लोगों से मशविरा किया था ?"

"तहसीलदार ? वह तो कुँवर के डर से काँपता था।"

"उसके नाम से भी नहीं है।"

"नहीं।"

मोहनलाल सिंह धीलन मुस्कराया।

"लालबदन बनिया के नाम पर है। लाइसेन् तो होगा नहीं। जमीन लालबदन के नाम पर है। मशीन उसके नाम पर, स्टकचर उसके नाम पर। अरे ! मैं तो फँसने के लिए राजी नहीं। दस सूखे साल के पेड़ !"

"वहाँ साल कहाँ है ?"

"लारातु में कुँवर के जंगल में उसका आधा शेयर है, ऐसा बोला था।"

"आप कुँवर को पहचानते हैं ?"

"दो-एक बार देखा है। मुझसे ट्रक लिया था। लेकिन हरामी है। हजार की बात हुई, दिया सात सौ। इसी से और ट्रक नहीं देता। धमकी दे गया था, शेड बनने पर भी मोहनलाल का ट्रक इस रास्ते नहीं जाएगा। बिजनेस करता हूँ, मेरे ट्रक तीन जिले में चलते हैं। गैर लाइसेन् काम नहीं करता। मैं क्यों उससे डरूँ ?"

"नहीं, डरेंगे क्यों ?"

"यहाँ जब आ ही गए हैं तो देख जाएँ। यहाँ कोई ग़ैर क़ानूनी काम नहीं होता।"

"मालूम है। लोग आपकी तारीफ़ करते हैं।"

"अगर मिल जाए तो मैं वह सॉ-मिल ख़रीद सकता हूँ।"

"सुना है कुँवर का बेटा बाप जैसा नहीं है। उससे कहिए, नहीं तो उसके ससुर धरमवीर को कहिए।"

इसी तरह यह बात फैली। सब सुनकर धरमवीर ने अमरजीत से कहा। अमरजीत ने कुँवर से कहा—"बहुत यकीन था न उस पर ? आपका रुपया हथियाकर उसने सॉ-मिल बनवाया। समझे आप ? और आपके जंगल का आधा हिस्सा भी उसका है। इसीलिए मोहनलाल को साल के दस पेड़ बेच दिए।"

कुँवर तो पहले मोहनलाल, लालबदन आदि सभी को मार डालने के लिए तड़प उठे।

धरमवीर बोले, "आप कब अपने गुस्से पर काबू पाएँगे ?"

"तुम क्या समझोगे ? मैं सुलग रहा हूँ।"

"लालबदन का क्या कसूर, तहसीलदार अगर उसके कंधे पर बंदूक रखकर अपना काम हासिल करे तो, वह करता भी था।"

"यही बात उस दिन भीम मुझे बताना चाह रहा था।"

"वे भी तो उसी के साथ गए थे। किसे मालूम, बँटवारे का क्या हिसाब हुआ था ?"

"भागेगा ? भागकर कहाँ जाएगा ? उसकी बीवी, बच्चे, माँ, सब तो यहीं हैं।"

"उन्हें भगा देंगे ?"

"तो क्या सिर पर बैठाऊँगा ?"

धरमवीर बोले, "भैया ! कौशल से काम हासिल करो। लालबदन से कहो, वह सॉ-मिल तुम्हारा है। और मोहनलाल को भी सूचना भेज दो।"

"तहसीलदार को रुपए कहाँ मिले ?"

अमरजीत ने पूछा, "बैंक कौन जाता था ?"

"तिजोरी का हिसाब उसके पास था...सब कुछ उसके हाथ...छी, छी ! वह रिश्तेदार है, जाति का है ! हमारी बिरादरी में यह भी एक है !"

"वही तो बात है पिताजी ! चाची, और नानी और बच्चों को निकाल देने से क्या होगा ? चाची तो रोते-रोते यूँ ही पागल हो रही है। क्या इससे आप ही की बदनामी नहीं होगी ?"

"अपने मायके चली जाए।"

"वह भी तो हमें ही भिजवाना पड़ेगा।"

धरमवीर बोले, "रोकड़ गिनते-गिनते आदमी के मन में लालच आ ही जाता है।"

"किंतु क्यों ? रहता था, खाता था, इज्ज़त से रहता था। महीने में हजार रुपया भी देता था।"

"भैया, यह तो आदमी का स्वभाव है। खाना देखेगा, खाना चाहेगा, दौलत देखेगा तो दौलत चाहेगा, क्षमता देखेगा तो क्षमता चाहेगा। तहसीलदार ने भी अपने ढंग से अपना भविष्य सँवारना चाहा था।"

"वकील को कुछ पता होगा।"

अमरजीत बोला, "आपको तो मुझ पर भरोसा है नहीं। मुझे तो लगता है कि आप मुझे बालिग भी नहीं समझते। मुझ पर छोड़ दें। देखिएगा, मैं सारी ख़बर ले आऊँगा, सब कुछ जान जाइएगा।

"लालबदन की इतनी हिम्मत !"

"पिताजी ! आपके नाम की इतनी दहशत है, कि आपका दायाँ हाथ तहसीलदार अगर उसे कहे कि यह काम करो, तो वह न कैसे करता ?"

"उसे मैं..."

"नहीं। एक कमजोर कमिया को मारकर हमें क्या फायदा होगा ? तहसीलदार का आइडिया तो बुरा नहीं था। अब...वह सॉ-मिल मैं चलाऊँगा।"

"वह भागा नहीं अमरजीत। ज़रूर कहीं छिपा है।"

"तो नहीं भागा। पुलिस तो ढूँढ़ रही है।"

तहसीलदारनी से पूछताछ करने से कुछ पता नहीं चला। हाँ, तहसीलदार ने उसे बीच-बीच में रुपए दिए थे। कहा था, उस रुपए से लातेहार में बीवी के नाम जमीन खरीदेगा, और एक बार तहसीलदारनी को लातेहार ले जाकर सब इंतजाम भी कर आया था। सॉ-मिल के बारे में उसे कुछ नहीं मालूम था, लेकिन तहसीलदार ने उसे कहा था कि उनकी माली हालत क्रमशः अच्छी हो जाएगी।

वह अमरजीत से बोली, "मुझे नहीं मालूम वह कैसा आदमी था।

किंतु कुँवर के लिए वह जान दे सकता था। उन्हीं का विश्वास जब उठ गया..."

"चाचा ने तो विश्वास रखने नहीं दिया..."

"अब मैं यहाँ मुँह नहीं दिखा सकती। बंदोबस्त कर दो, मैं मायके चली जाऊँ।" उसके बाद ही बोली, "मेरा दिल कहता है, वह लौटेगा, लौटेगा, लौटेगा। लौट आए तो मुझे ख़बर भेज देना, क्यों ?"

"लौटेगा, तो आप ही लोगों के पास।"

"उसने बहुत काम किए...मैं मना करती थी...डरती थी बच्चों पर लोगों का शाप लग जाएगा...वह कहता, कुँवर का हुक्म है !"

"वहाँ जाकर यह सब बात मत कीजिएगा।"

"नहीं। चली जाऊँगी छोटे कुँवर ! सिर्फ़ बैंक से जेवर-वेवर निकाल लूँ। दो दिन की मुहलत दे दो। कुँवरजी को परनाम भी न करूँ ?"

"नहीं, पिताजी के सामने नहीं जाएँगी।"

अमरजीत का कंठ स्वर सुनकर चौंक पड़ी तहसीलदारनी। यह धमकी कुँवर जैसी ही लगी।

"और, आप लोगों का जो भी सामान है, सब ले जाएँगी। मैं किराए का ट्रक मँगा दूँगा। बैंक क्या अकेली जाएँगी ?"

"तुम ले जाओगे ?"

"अकेली जाती हैं ?"

"जाती हूँ। बेटी को स्कूल पहुँचाती हूँ। दुकान से सामान भी लाती हूँ। इनका बाप तो आता ही नहीं था।"

धरमवीर ने दामाद से कहा, "बैंक में साथ नहीं गए ?"

"क्या ज़रूरत है ? जो ले चुके हैं, जो है, लेकर चली तो जाए ! जा रही है, मैं इसी से खुश हूँ।"

"क्या तुम भी मानते हो, तहसीलदार भागा है ?"

"मैं उसकी बात सोचना ही नहीं चाहता।"

अमरजीत ने बाद में अपनी पत्नी से कहा, "पिताजी के कम काम का साक्षी नहीं था तहसीलदार ! भीम लोगों को साथ में लेकर क्या किया, और क्या नहीं किया। सिनेमा में अमरीशपुरी जब ठाकुर बनता है, वह तो

जो करता है, सब ये कर चुके हैं। पिताजी ने खुद ही उसे कुछ किया होगा, किसे पता ! अगर भाग गया है, तो बीवी-बच्चे के पास ज़रूर जाएगा।''

''पकड़ा गया तो ?''

''पिताजी उसे सीधे...''

''मत कहिए, डर लगता है।''

''क्या करेंगे, बोलो ? बदला नहीं लेंगे ? किंतु कुँवर साहब भी अब दमित हो गए हैं !''

''क्यों ?''

''मुझे आदमी ही नहीं समझते थे, तहसीलदार जान से प्यारा था। मुझे अगर मालूम होता कि कोई मुझे बेईमानी से लूट रहा है तो मैं उसे...''

''क्या करते ?''

''अमरीशपुरी जो करता है !''

''मत कहिए, डर लगता है।''

''तुम्हें काहे का डर ? तुम्हारे लिए, मैं तो हूँ। तभी तो पिताजी की नजर में मैं नामर्द हूँ !''

''छोड़िए उन बातों को।''

इसी तरह तहसीलदार का प्रसंग उसकी बेईमानी की ओर घूम गया। भय से सिहरते हुए लालबदन ने सॉ-मिल की चाभी अमरजीत के पाँव के पास धर दी। फिर जमीन की ख़रीद के कागज़ात भी सामने रख दिए।

''जमीन मुझे निनान्वे साल के लिए लीज पर दोगे।''

''आप जैसा चाहें सरकार।''

''उसकी बात पर राजी क्यों हुए थे ?''

''अपनी गर्दन बचाने के लिए। आज मैं निश्चिंत होकर सो पाऊँगा।''

''और कोई संपत्ति तो नहीं लिया था ?''

''मुझे मालूम नहीं। इसके बाद ट्रांसपोर्ट का कारोबार करने की बात कहता था ! मुझे कुछ भी जानकारी नहीं। मैं यह दुकान, लकड़ी की टाल, आढ़त, हाट का दुकान लेकर ही व्यस्त रहता हूँ, इससे बाहर की ख़बर नहीं

रखता। ओह, मेरे मन में भयंकर दुश्चिंता थी ! आज निश्चिंत हुआ।''

हेड सिपाही ने सुना तो वह भी लालबदन से बोला, ''तुमने ठीक ही किया। इसे हम पचा नहीं पाते।''

''जंगल में रहकर शेर से लड़ते हुए कोई जी सकता है ?''

''ठीक कह रहे हो। यहाँ तो कभी सरकारी क़ानून नहीं चला, चलेगा भी नहीं। कुँवर का राज ही क़ायम रहेगा।''

ओ. सी. ने सुपर से पूछा, ''सर, तहसीलदार लोगों का फाइल क्या करें ?''

''नाट फाउंड डेड, नाट फाउंड लिविंग, गुमशुदाओं की फाइलें तो खुली रहती हैं।''

''यस सर।''

''जिस समय से लापता हुए,...शाम के बाद वहाँ से कुछ ट्रक तो चलते हैं ?''

''चलते हैं।''

''बसें ?''

''लास्ट बस शाम छह बजकर उन्नीस मिनट पर निकल गई थी।''

''सारे ट्रक...''

''ज्यादातर रांका साइड के हैं।''

''टिंबर के ट्रक ?''

''जी सर।''

''आप पकड़ते क्यों नहीं ?''

ओ. सी. चुप।

''रिश्वत भी तो नहीं लेते।''

''मेरा तबादला कर दें सर।''

''होगा...तबादला होगा आपका...यह इश्तहार देखे हैं ?''

''जी सर। शायद ट्रक से फेंक गया था।''

''शोषित मुक्ति दल ! निगरानी रखिएगा।''

म्लान हँसी हँसकर ओ. सी. बोले, ''कुँवर के इलाके में कुछ नहीं होगा

सर। सब डरते हैं। फिर भी निगरानी रखता हूँ।''

''सेकेंड अफसर पहुँच जाए तो आप छुट्टी ले सकेंगे।''

''थैंक यू सर।''

''क्राइम रेट क्या है ?''

''साइकिल ऐक्सिडेंट, शराब पीकर मारपीट, लारातु नुक्कड़ पर कुछ छीन लेने की घटनाएँ...लो पर्सेंटेज !''

''कुँवर के लोग वसूली नहीं लेते ?''

''क्या बताऊँ, सर ? कोई रिपोर्ट नहीं लिखाता। बिना रिपोर्ट के...''

''ठीक है। आप जा सकते हैं।''

बाहर निकलकर ओ. सी. ने चेहरा और गर्दन पोंछी। भजन सिंह, मोतीहार यादव, तिलक सिंह, शेरदिल सिंह आदि कुँवर के मस्तानों के ख़िलाफ़ कौन शिकायत करेगा ? थाना क्या एक्शन लेगा ?

इश्तहार में लिखा था, चोरी का माल ले जाते ट्रकों को रोकेंगे।

7

"इश्तहार में लिखा है, चोरी का माल ले जाते ट्रकों को रोकेंगे ! जब यह देखा, तो और कुछ नहीं सोच पाई !"

"और तू चली आई !"

तेतरी ने आँखें पोंछीं। बरजू की ओर देखती हुई कोसिला लोगों से बोली, "इसका नाम बरजू भुँइया है ! इसका नाम तो तुम लोगों को बता चुकी हूँ। इसी का भतीजा है विशाल भुँइया, और विशाल की बीवी थी कुनारी भुँइन ! कितने बरस हो गए बरजू ?"

"बीस साल हो गए !"

"खेड़ा के नागेसिया लोग अब कहाँ हैं ?"

"उन्होंने टाटा और चाका के बीच नया खेड़ा टोली बना लिया है।"

"विशाल ?"

"विशाल ! उसने शादी कर ली...एक बेटी है...बड़ी हो गई।"

"किससे शादी की ?"

"टोड़ी साइड की एक भुँइया लड़की से ! लेबर-ठेकेदार लड़कियों को ले जाता तो हम उन ट्रकों को रोकते थे।"

"फिर ?"

"फिर क्या ? ठेकेदार को पीटते, ड्राइवर को पीटते, पुलिस बुलाते। ठेकेदार तो लड़कियों को ले जाकर रंडीखाने में बेच देते। ट्रक रोककर हम बहुत-सी लड़कियों को नया खेड़ा ले गए। कुछ कामकाज करती हैं, कुछ घर लौट गईं, और कुछ ने शादी कर ली। एक से विशाल की शादी करा दी,

उसका घर बसाया..."

यह बातचीत पुराने क़िले में चल रही थी। बिंदा सिंह ने कहा, "हमें रास्ता तो आपने ही दिखाया था।"

"मैं कौन हूँ ? बहुतों की मदद से...अख़बारवाले बहुत हिम्मत बढ़ाते हैं...काम करते हैं। मैं सब ख़बर रखता हूँ तेतरी ! सतीश जी से सब मालूम हो जाता है।"

"तब...कितना कहा...बरजू ! मेरा भी और कोई नहीं रहा। चल, घर बाँधे।"

"कैसे तेतरी ? तब तो मैं कुँवर का कमिया था।"

"खैर, घूम-फिरकर लारातु वापस तो आया !"

"कुँवर से तू लोग लड़ रही है...अब कमिया काम जुटाकर चले जा रहे हैं...वे रुपया लेकर काम करने लगे हैं...खेड़ी बाँध मामला...शोषित मुक्ति दल...मैंने सतीश जी से कहा, अब बरजू चला ! लड़ाई जारी है, कैसे न आता ?"

अनल तलवार बोला, "टाटा का सतीश दयाल ?"

"हाँ जी, वही। मैं तो उसके 'संघर्ष' प्रेस में रहता हूँ। कंपोज करता हूँ, छापता हूँ। उसने तुम लोगों के लिए किताब भेजी है। अभी कपिल जी इधर बीट अफसर हैं ?"

"हाँ बरजू !"

"बहुत सच्चा आदमी। बहुत दयालु। तब भी यहाँ था...यह जंगल उसी ने बनाया...।"

"अब जंगल कहाँ है रे बरजू !"

"था। कुँवर खा गया। उसकी भूख तो मिटती नहीं। बेटा उस जैसा ही है ?"

"है नहीं, हो जाएगा।"

"तू पढ़ना-लिखना सीख गया बरजू ?"

"सतीश जी ने ठोक-पीटकर सिखाया। कुँवर की थूक चाटनेवाला तहसीलदार गायब हो गया ?"

"यही तो सुनते हैं।"

"लड़कियाँ उठा ले जाता था और कुँवर...देखिए भैया ! ट्रक रोकें, सब करें, लेकिन कुँवर लड़कियों को ज़रूर डँसेगा। तुम कोसिला खरोयार हो ?"

"हाँ भैया।"

"तुम्हीं लोगों की जान पहले लेगा।"

"हम तो अपनी इज्ज़त बचाने की लड़ाई भी लड़ेंगे। हम जितना आघात देंगे, वे तो उतना ही आक्रामक बनेंगे।"

"साथ में बहुत-से गाँव हैं ?"

"बहुत।"

बरजू ने सिर डोलाया, "यही तो चाहा था। पलामौ के लोग उन्मादी हो उठें। सुनो बबुआ, सतीश जी ने कहा, बरजू ! तुम अपनी आँखों से देख आओ, तब लिखूँगा। बोले, पहले इतनी बातें अख़बारवाले नहीं छापते थे। अब बहुत अख़बार हैं ! हाँ, और..."

कमीज उठाकर धोती की गाँठ से उसने एक पॉलिथिन की थैली निकाली। बोला, "कुछ रुपए भी दिए।" फिर आगे कहा, "मैं अँधेरे में ट्रक से आया। मोहनलाल सर्विस में जिस दिन परवीन ड्राइवर रहे...कपाट पर घाव का दाग है...लंबा, दुबला-पतला, वह हम लोगों का विश्वस्त आदमी है। सतीश जी ने उसे काम दिलाया था...पहले सरकारी नौकरी में था...पालिटिस् में नौकरी छोड़ा...उसे ख़बर देने से वह पहुँचा देगा। इश्तहार भी फैला देगा। एक गिलास पानी !"

पानी गटककर बोला, "मुझे भी तो रहना पड़ेगा तुम लोगों के साथ ! नहीं तो रिपोर्ट कैसे दूँगा ?"

तेतरी बोली, "तू इधर ही रह जा बरजू ! नया खेड़ी मत जाना।"

"कुँवर का जंगल अब भी है न ?"

"हाँ बरजू !"

"और मस्तान कौन-कौन हैं ?"

"तीन राजपूत, भजन, तिलक, शेरदिल, और मोतिहार यादव !"

"शेरदिल ! मोतिहार !...और खेड़ा ?"

"वैसा ही पड़ा है।"

"तू लोग जा।"

अनल लोगों से बोला, "मैं अब सोऊँगा बबुआ। अब मैं तुम लोगों का हूँ। जैसा कहोगे, करूँगा।"

"हम सभी अख़बारों में प्रचार करना चाहते हैं। पहले लड़ाई कुछ आगे बढ़े।"

"हाँ, यह भी सही है। बबुआ ! कभी नहीं सोचा था, खेड़ा गाँव का बरजू भुँइया कभी तुम लोगों से बात कर पाएगा...उसे सतीश जी का संग मिलेगा...पलामौ की मिट्टी के नीचे तो, सुना था, बहुत कुछ है ! किंतु कोई इंडस्ट्री नहीं। जीने का कोई सहारा नहीं। होता, तो लोग बंधुआ बन जाते ?"

"सामंती शोषण, भैया।"

"आदमखोर क्या कुँवर अकेले हैं ? सारे ठाकुर और ब्राह्मण मालिक लोग आदमखोर हैं। पर हाँ, कुँवर सबसे ऊपर है।"

कहने के बाद ही बरजू गाढ़ी नींद सो गया। बिंदा बोला, "ऐसे सब लोग सँभलकर आ जाएँ, यही तो चाहिए।

"यही ज़रूरी भी है।"

"जिस जमीन को कभी जोता नहीं गया, उस पर बीज पड़ने से चारा जल्दी निकलता है।"

"बीस साल पहले इसी ने तो पटना पहुँचकर सारा ख़बर दिया था। हिम्मत थी, और मन की आग में जलते-जलते साहस पनप उठा था।"

"सतीश ने किताब छाप दी ?"

"हाँ। शोषित मुक्ति दल की बातें।"

"अब ट्रक रोकेंगे।"

कुँवर ने पूछा, "आपने यह इश्तहार देखा ?"

"देखा।"

"फिर भी कोई एक्शन नहीं लिया ?"

ओ. सी. बोले, "चोरी की लकड़ी का ट्रक रोकना कोई अपराध नहीं। और जो काम अभी हुआ ही नहीं, उसके ख़िलाफ़ क्या एक्शन लूँ ?"

"थाना कोई काम नहीं करता, मेरे लारातु में तो मैं यह बर्दाश्त नहीं

करूँगा।''

''मैं खुद भी तबादला चाहता हूँ। आप मेरे ख़िलाफ़ रिपोर्ट करें, मुझे खुशी होगी।''

''मैं कहता हूँ, यह सब नारी मुक्ति दल, शोषित मुक्ति दल, यह सब मुखौटा है। नया खेड़ी में जरूर कोई और तरह का दल जुट गया है, वहाँ और काम हो रहा है। जाइए, वहाँ छापा मारिए।''

''सिर्फ़ शक़ से मैं किसी गाँव पर छापा नहीं मार सकता।''

''मैं कर सकता हूँ। करके दिखाऊँगा।''

घर पहुँचकर कुंवर अमरजीत पर बरस पड़े, ''आज तहसीलदार होता तो उस नया खेड़ी के लोग मुझसे भीख माँगते। औरतें दल बनाएँ, वे महुआ बेचें, इसकी उन्हें हिम्मत ही नहीं होती। तुम क्या चाहते हो, यह मेरी समझ में नहीं आता। तुम्हें क्या यूँ ही नामर्द कहता हूँ ?''

''सॉ-मिल किसने हथियाया ?''

''जब हथिया ही लिया तो इस आस में क्यों बैठे हो कि और लोग माल पहुँचाएँगे ?''

''क्या करने को कह रहे हैं ?''

''जंगल नहीं है ?''

''वो जंगल ? काहे का जंगल ? एक जानवर नहीं, बड़े पेड़ नहीं ! पेड़ तो आपके पास हैं।''

''अरे मूर्ख ! मेरे जंगल की कीमत जानते हो ?''

''जानता हूँ। मैंने हिसाब लगाया था।''

''अच्छा ?''

''देखिए, पेड़ सिर्फ़ पूँजी हैं। पचास साल बाद इसकी कीमत क्या होगी, यह जानकर मैं क्या करूँगा ? तब मैं नहीं रहूँगा। मैं इसी जीवन में भोग करना चाहता हूँ।''

''भोग करोगे ? 'भोग' करोगे, तुम ? तुम्हें तो पता ही नहीं कि जीवन को कैसे भोग किया जाता है।''

''आपका और मेरा आइडिया एक जैसा नहीं है पिताजी। मैं आपकी खेती-बाड़ी, जंगल, सारे ऐसेट्स रुपए में देखना चाहता हूँ।''

''उसके बाद ?''

''बिजनेस। होटल, सिनेमा, लक्जरी टैक्सी, कितना कुछ है करने को।''

''पलामौ में ? हँसाया तुमने।''

''राँची, धनबाद, टाटा, दिल्ली, बंबई, देश में शहरों की कोई कमी है ? इस गँवई बस्ती में पड़े रहना पड़ेगा ?''

''जाओ, जाओ तुम ! आज तहसीलदार होता तो...''

कुँवर की दहाड़ से कमरा हिल उठा। दौड़ा आया शेरदिल सिंह।

''मालिक परवर !''

शेरदिल सिंह ! शेरदिल कभी तहसीलदार नहीं बन पाएगा। तहसीलदार बेईमान हो गया था। क्या शेरदिल भी बेईमान बन जाएगा ? नहीं। तिजोरी हाथ में न रहे तो बेईमानी करने का लालच नहीं होता।

कुँवर दबी गुर्राहट में बोले, ''तुम सब जैसे सो ही गए हो। मुलुक सिंह को भेजो, गढ़वा से चाँद सिंह को बुला लाए। हाँ, हाँ, मैंने ही उसे वकील बनाया था। उसकी वकालत खास नहीं चली। वह कचहरी में बैठेगा।''

''जी, हुजूर मालिक।''

''दुर्जन सिंह गाइबानी से छोटी कचहरी का हिसाब ले आए।''

''मैं खुद जाऊँगा।''

''तुम नहीं जाओगे, आदमी भेजो। और लातेहार से चंद्रभान तिवारी को बुलवाओ। वहाँ की कचहरी उसका भाई देख पाएगा। तिवारी चाँद सिंह को काम समझाएगा।''

''जो हुक्म मालिक !''

''लातेहार में जगन सिंह को ख़बर भेज दो, तहसीलदार की ससुराल पर नजर रखेगा। तहसीलदार वहाँ पहुँचते ही उसे उठा लाएगा।''

''भीम सिंह लोगों को...हुजूर ?''

''उन्हें लाने की जरूरत नहीं। बेईमान को जिंदा नहीं छोड़ना चाहिए। लेकिन तहसीलदार की बात अलग है। उसे बहुत दिनों तक जिंदा रखूँगा।''

''जो हुक्म मालिक !''

''तहसीलदार ने रोहित सिंह को जिंदा रखा था। रोहित ने एक दिन किशोर रावल को जीवित रखा था...जंगल को सब मालूम है। और मेरा बेटा

यह जंगल बेच देना चाहता है ! और परसों से मैं जमींदारी में घूमूँगा, तुम मेरे साथ रहोगे।...ठीक पहले की तरह !"

शेरदिल ने झुककर उनका नागरा जूता स्पर्श किया और फिर हाथ जोड़कर गहरे आवेग में बोला, "मालिक ! मालिक ! यह सब सुनने के लिए कब से बैठा हूँ। यह लारातु आपका बनाया हुआ है मालिक। 'लारातु का कुँवर' सुनते ही लोग भागेंगे, औरतें चीखेंगी, वन का बाघ खोह में छिपेगा, लारातु को ऐसा ही तो होना चाहिए।"

कुँवर की आँखें किसी अमानवीय दमक से चमकने लगीं।

"मिट्टी खून चाहती है, जंगल खून चाहता है, मेरा बेटा यह नहीं समझ पाता। मुगल शासन के समय चेरो राजाओं के फौज में दाखिल होकर राजपूत पलामौ में पाँव धरे थे। उसके बाद अंग्रेजों ने राजपूतों को राज्य बाँट दिया था। हर राजघराने के इतिहास में काफी रक्त है। राजपूतों ने अछूत आदिवासी, लुहार, बढ़ई, सबको दबाकर-कुचलकर रखा था। जमीन-खेत-जंगल-पहाड़ का मालिक है राजपूत ! और यही यहाँ का धरमराज है। पुलिस क्या करेगी ? इतनी चीख-पुकार किसलिए ? कौन बना रहा है नारी मुक्ति दल और शोषित मुक्ति दल ? सूखे घास पर आग लग गई है शेरदिल, अगर अभी न बुझाएँ, तो दावानल भड़क उठेगा !"

"मालिक !"

शेरदिल को लगा, कुँवर किसी अलौकिक शक्ति के वश में है।

"कुनारी भुँइन अकेली नहीं। मैंने अनेक अछूत लड़कियों का रक्त लारातु की मिट्टी को दिया है...इसी जंगल में ! कभी-कभी मेरे रक्त को भूख लगती है, तब मैं समझ जाता हूँ...जब कुनारी भुँइन को सपने में देखता हूँ, तब मैं समझ जाता हूँ !"

"आपने...सपना...देखा ?"

"हाँ शेरदिल ! कुनारी कोई साथी माँग रही है। मैं भी तो उसके बाद से ही बैठ गया हूँ, है न ? लेकिन अब मैं सब ठीक कर दूँगा। सब अपनी मुट्ठियों में ले आऊँगा, हाँ !"

उन्होंने अपनी मुट्ठी फैला दी।

"इन इश्तहारों का मतलब है विद्रोह। मैं विद्रोह बर्दाश्त नहीं करता,

नहीं करूँगा। सब झुझार और खेड़ा बना दूँगा।"

कुँवर बोले, "अब जाओ !"

लंबे हॉल के आखिर में दीवार पर पूर्वजों की तसवीरें टँगी थी। उधर देखते रहे कुँवर। कुँवर के दादा के जीवित रहते कुँवर के पिता ने भी राज्य चलाने की बात नहीं सोची थी। वे घोड़े खरीदते, घोड़ों को घुँघरू पहनाकर नचाते थे। किंतु जिस दिन गद्दी पर बैठे, उसी दिन से एकदम बदल गए।

लारातु के कुँवरमहल में काम की धूम लग गई। चंद्रभान तिवारी, चाँद सिंह को लेकर कचहरी में बैठने लगा। दीवार पर लगी अलमारियों से दबे हुए, दस्तावेज, हिसाब की बही, कमियाओं का अँगूठा लगा कागज़ात जिनसे उन्हें बंधुआ बनाया गया था, सब निकाले गए।

कुँवर के घर की तिजोरी खोलकर रुपए गिने गए। मुलुक सिंह, गर्जन सिंह, दोयारा सिंह, मथुरा सिंह आदि कुँवर के पुराने विश्वस्त सिपाही अपने-अपने बेटों, भतीजों को ले आए।

अर्से बाद अस्तबल में घोड़े दिखाई पड़े। दो अदद नई मोटर-साइकिलें मँगाई गईं। शस्त्रागार से योद्धाओं को बंदूकें दी गईं।

संत्रस्त कपिल श्रीवास्तव सरस्वती से बोले, "मुझे दाल में कुछ काला दिख रहा है।"

"क्यों ?"

"कुँवर फिर कुछ करने जा रहा है।"

"उन दिनों जैसा ?"

"हाँ।"

उधर शक अमरजीत को भी हुआ। उसने पूछा, "क्या करने जा रहे हैं आप ?"

"तुम्हारे भविष्य की व्यवस्था।"

"ये लोग क्यों आए हैं ?"

"इनके जैसे विश्वस्त आदमी कहाँ पाओगे ? मेरे बाद तुम्हें कौन देखेगा ? वे सब कमीज-पतलूनधारी जुल्फोंवाले तीन पैसे के चमचे ? ये सब

सूरजवंशी राजपूत हैं। ये ही देखेंगे।"

"पिताजी !"

"खुश रहो बेटा। मैं इतने दिनों तक गलती करता रहा. और मुझसे भूल नहीं होगी।"

एक मोटर साइकिल पर कुँवर, दूसरे पर शेरदिल सिंह घूमते रहे, और घूमते रहे। झुझार की कचहरी में बँधुआओं को बुलाया गया।

कुँवर बोले, "एक भी परिवार काम की तलाश में बाहर गया है सुनूँगा तो मैं सबको यहीं काटकर धर दूँगा। बहुत सह चुका, और बर्दाश्त नहीं करूँगा। मुनीम !"

कचहरी का मुनीम दौड़ा आया, सिपाही दौड़े आए।

"झुझार को क्या नहीं दिया ? दस कुआँ, डीजल पंप से पानी निकलता है, हल-बैल हैं, इतने कमिया मर्द और औरते हैं, फिर अनाज क्यों कम होता जा रहा है ?"

"अगर खाद मिल जाती हुजूर।"

"खाद ! खाद माँगा था ?"

"खेती का खर्च भी बढ़ रहा है।"

"हाँ ! अब ये रुपया लेते हैं ! दे दो रुपया। लेकिन बारह घंटे काम वसूल कर लो। जो न करे उसे जिंदा दफना दो। याद रहे !"

सब चुप थे। किंतु कमिया औरत-मर्दों का सिर झुका हुआ नहीं था। वे एकटक कुँवर को घूर रहे थे।

"कचहरी में नारी मुक्ति दल का इश्तहार किसने चिपकाया ? बोल, तू लोगों में से किसने इन्हें चिपकाया ?"

कुँवर, मुनीम और शेरदिल को स्तंभित करते हुए पचास-साठ औरतें आगे बढ़ आईं।

"हम लगाए।"

"हम लगाए।"

"हम लगाए।"

सभी कहने लगे, "हम लगाए।"

कुँवर दहाड़ उठे, "सबने लगाया ? औरतों ने ? बहुत शाबाश ! औरतों को बहुत दिनों से दवाई नहीं मिली। सिपाही लोग नामर्द हो गए हैं। मैं भी औरों के हाथ सब कुछ छोड़कर बैठ गया था ! सुनो औरतों ! छोटे लोग, छोटी जात और आदिवासी औरत एक ही दवाई समझती है।"

कोसिला बिरजाइन सिर हिलाकर बोली, "कुनारी भुँइनवाले दिन लद गए कुँवर ! अब हम लोग इज्ज़त नहीं देंगी, छीन लोगे तो कीमत लूँगी। वे सब दिन भूल जाएँ।"

"तुझे कौन दवाई देगा ? बुढ़िया भैंस ! दिन लद गया या नहीं कुछ ही दिनों में समझा दूँगा। मुनीम ! सारे इश्तहार फाड़ डालो। दुबारा लगाएँ, तो मेरा हुकम है, जवान छोकरियों को बकरी की तरह घसीटकर ले जाओगे। और, मैं फिर आऊँगा। झुझार एक बार जला था। झुझार दुबारा जलेगा !"

कुँवर मोटर साइकिल लेकर चले गए।

सिपाहियों को सुनाती हुई कोसिला मुनीम से बोली, "मन लगाकर काम करो मुनीमजी, इश्तहार फाड़ो।"

"अरे कोसिला ! अपने काम पर जा न !"

"वहीं तो जा रही हूँ ! ए झुझारवालों ! मुनीम के हाथ में चाबुक नहीं, सिपाही लोग खड़े हैं, ऐसा देखा था कभी ?"

"अब तो देखते हैं।"

"क्यों देखता है ? क्योंकि कमिया लोग जब तब भाग रहे हैं। इस बात को सोचना चाहिए।"

"जा जा, काम पर जा !"

"वह तो जाऊँगी। किंतु अब कितने घर कमिया नहीं हैं, तुम अच्छी तरह जानते हो।"

"जानता हूँ।"

"कम लोगों से ज्यादा आदमियों का काम वसूल कर रहे हो। तो पैसे भी ज्यादा दो।"

"बड़ी-बड़ी बातें कर रही है !"

"न बोलूँ ? नहीं दोगे तो सब भाग जाएँगे। तब कुँवर को क्या जवाब

दोगे ?"

"नहीं तो काम नहीं करेगी ?"

"मैं तो नहीं करूँगी।"

"कमिया के मुँह से ऐसी बात ?"

"बेगारी तो करवा ही नहीं सकते। हम थाना को ख़बर कर देंगे कि यहाँ ग़ैर क़ानूनी काम चल रहा है।"

"बहुत हुआ, अब जा !"

"ज्यादा रुपया !"

वे लोग चले गए। तब एक सिपाही बोला, "अब औरतों के साथ खींचातानी की हिम्मत नहीं होती। उस दिन फुलिया से कहा, "तेरा मर्द घर पर नहीं है, तुझे तकलीफ नहीं होती ?" वह बोली, "बहुत तकलीफ होती है। रात में आओ, सब बताऊँगी।"

"और अँधेरे में सिर पर पत्थर लगा ?"

"हाँ मुनीम जी।"

"किंतु औरत की तो और दवा नहीं।"

"झुझार बाजार में फारेस का कैंप लगा है।"

"देखना पड़ेगा भोगीलाल ! कोई उलटी बयार बह रही है झुझार में। यह भी नहीं पता कि यह इश्तहार किसने लगाया ? रात में तो निकलने की हिम्मत भी नहीं होती। तहसीलदार जैसे लोग भी अगर लापता हो सकते हैं..."

"उन लोगों ने तो बेईमानी की थी।"

"यह भी नहीं मालूम।"

"कुँवर दस बार आएँ-जाएँ, तो सब सीधे हो जाएँगे। कितने साल जमींदारी में नहीं घूमे।"

"हाँ। कुँवर का ही भरोसा है।"

कचहरी का आँगन ऊँची दीवारों से घिरा था। आँगन काफी बड़ा था, उसका फर्श लोहे जैसा हो गया था। यहाँ अनाज कूटकर साफ करने के बाद कमरों में रखा जाता है। कतारों में कमरे थे। कुछ बुढ़िया आँगन बुहार रही थीं।

मुनीम बोला, "पहले छोटे बच्चे ये सब काम करते थे। एक मुट्ठी मकई मिलता, या नहीं भी मिलता। अब वे स्कूल जाते हैं।"

"इतनी सड़कें, इतनी बस, इतनी रेल लाइनें। बाहर की हवा तो झुझार में भी घुस पड़ी है। लोगों को काम भी मिल रहा है, भाग भी रहे हैं !"

मुनीम अन्यमनस्क होकर बोला, "हाँ...डेवलपमेन् ! पहले कितना जंगल था ! जब झुझार जला दिया, कितने लोग तो जंगल में भाग गए थे। जंगल काट-काटकर इन लोगों ने सफाया कर दिया...अब तो सिर्फ़ धाक के पेड़ हैं। पत्ते तोड़ते हैं, लकड़ी जलाते हैं। लाख की खेती होती थी, सब बंद हो गया !"

"बाजार से तो सरकारी इलाका है।"

"हाँ। जा, काम पर जा।"

कोसिला बिरजिया काम नहीं कर रही थी। बैठी थी। काली साड़ी, काला ब्लाउज पहने, रूखे बालों का झोंटा बाँधे, गले में जस्ते की चेन डाले वह बैठकर सोच रही थी कि क्या पलामौ की मिट्टी चुक गई थी ? मिट्टी बेईमान थी, बेईमान थी, बेईमान थी ! नियमित पानी और खाद पाकर कुँवर के खेतों में धान कैसे लहलहा रहा था ! यह धान पकता, काटा जाता, कचहरी पहुँचाया जाता। वहाँ से धान कुटाई के मिल पर जाता, बाजार में जाता। यह जमीन कब बिरजिया, नागेसियाओं की थी ?

फुलिया करीब आई, "ए मौसी ?"

"का रे ?"

"तबियत खराब है ?"

"सिर दुख रहा है। घर जाऊँ।"

घर पहुँचकर कोसिला मचान पर बैठी। मचान पर वह सोती थी। नीचे बकरियाँ रहती थीं। छाजन की घास सरकाकर देखी, बचे हुए इश्तहार वैसे ही रखे थे। कोसिला ने इश्तहार और किसी के यहाँ नहीं रखे थे, और किसी को मुसीबत में नहीं डालना चाहती थी। उसके बाद छाजन में और घास-फूस डाल दी। जल्दी से एक घड़ा पानी भर लाई। सूरज डूबे, फिर वह दौड़ेगी,

और दौड़ेगी। तेतरी लोगों को बताएगी। ट्रक बाद में रोको। अभी औरतों की इज्ज़त को ख़तरा है। कुँवर मैदान में उतर आए हैं, वे फिर औरतों से शिकार खेलना शुरू करेंगे।

सूर्यास्त होते ही वह गनु बिरजिया के घर दौड़ गई। गनु की बीवी को दस दिन पहले बच्चा हुआ था, अब भी वह घर पर थी। कोसिला कमरे में गई।

''ए पारो !''

''का मौसी ?''

''गनु लौट आए तो कहना, मैं रिपोट करने जा रही हूँ। गनु समझ जाएगा, काहे का रिपोट। और यह भी बोल देना, चाहे जितनी रात हो जाए, मैं लौटूँगी। और सभी औरतें मैदान से मर्दों के साथ लौटें। गनु ज़रूर हर घर से समाचार ले ले।''

''तू अकेली जाएगी ?''

''हाँ।''

''रात में...''

''आसमान साफ है। तारों की रोशनी है।''

''ठीक है।''

अचानक ही जैसे साँझ उतर आई थी। कुँवर का अंतिम चरण था, हवा में शीतलता थी, धान पकने की तैयारी में था। कोसिला मेंड़ के रास्ते भाग चली।

उसे देखकर तेतरी चौंक पड़ी।

''क्या हो गया ?''

''कोसिला को...बुलाओ...और किसी को नहीं...थोड़ा...दम ले लूँ...एक लोटा पानी दे जाओ।''

तेतरी बोली, ''तू बैठ।''

कोसिला खरोयार तुरंत आ गई।

''क्या हुआ ?''

झुझार की कोसिला बोली, ''बहुत...मुसीबत है...जल्दी जाओ... उनसे कहो, ट्रक बाद में रोके जाएँ। अभी दूसरा ख़तरा है ! आज कुँवर आया

था...''

वह सब बोल गई। फिर से पानी पिया।

''मैं चलूँ।''

''अभी ? अँधेरे में ?''

''टार्च तो कभी नहीं था। आज मैंने मुनीम को खरी-खोटी सुनाई... कुँवर को भी...पाँच इश्तहार मेरे घर में हैं। मैं न लौटूँ तो उन्हें शक होगा। मुनीम को नहीं जानती, वह अँधेरे में साँप की तरह चुपचाप आ सकता है। तड़के काम पर भी जाऊँगी।''

कोसिला और एक लोटा पानी पीकर दरवाजे से बाहर निकली और अँधेरे में ओझल हो गई।

तेतरी बोली, ''मैं जा रही हूँ।''

''कोई मरद जाए।''

''सब ढोल पीट रहे हैं, गाना गा रहे हैं, किसे बुलाएगी ? उसे समझाऊँ, बोलूँ...''

''इतना अँधेरा है !''

''रास्ता तो मैं आँखें मूँदकर भी तय कर लूँगी। और...अब भी सुई में एक ही बार में तागा डाल लेती हूँ...जा तू ! नहीं तो मुश्किल हो जाएगा। कुँवर इस गाँव में भी आएगा।''

''उसकी जमींदारी है वहाँ ?''

''किताब पढ़ने से ऐसी उलटी बुद्धि ही होती है। सब आ सकते हैं, वह नहीं आ सकता ?''

''रुको, टार्च ले जाओ।''

''क्या बुद्धि है !''

तेतरी ने लाठी ले ली। रास्ता जहाँ भी मुड़ा है, लाठी ठोककर वह अपनी दिशा तय कर लेगी। उसके मन में भयानक दुश्चिंता थी। हर गाँव में ख़बर भेजनी पड़ेगी। सबको बताना होगा कि ट्रक अवरोध का काम बाद में होगा। कुँवर फिर से अपने आदिम युद्ध पर उतर आया है। पहले इस दहशत से लड़ना होगा।

सब सुनकर बरजू बोला, ''कोसिला बरजाइन पर उनका गुस्सा

रहेगा।"

तेतरी बोली, "बबुआ ! बरजू ही बताएगा, कुँवर कैसा जानवर है। क्यों बरजू, है न ?"

"हाँ...कुँवर धमकी देगा...अत्याचार करेगा...और फिर उसके आदमी अँधेरे में पुलिस के कुत्ते की तरह घूमेंगे। वह तो पक्का शिकारी है।"

बरजू की आँखों में अतीत के दृश्य घूम गए, उसका स्वर धीमा पड़ गया। उसने धीरे-धीरे कहा, "वह इसी तरह हल्ला बोलकर, क़हर ढाकर यह जानने की कोशिश कर रहा है कि गाँववालों को हिम्मत देनेवाले कौन लोग हैं, शोषित मुक्ति दल और नारी मुक्ति दल के पीछे कौन लोग हैं। लोग सचेत और जागरूक हो जाएँ तो उसे ख़तरा है, बिरादरी को ख़तरा है। तभी इस लड़ाई की तैयारी चल रही है। इन मालिकों में धरमवीर एडवोकेट है और पढ़ा लिखा है, किंतु बुद्धि और कौशल में कुँवर सबसे आगे है। कभी जंगल में आग लगाकर शिकार बाहर निकालता था...और हरिजन-आदिवासी औरतों के माँस की भूख तो उसे है ही। ललचा जाए तो आदमखोर बन जाता है। और उठाएगा भी उसी औरत को, जिसे उठाने से तुम लोग गुस्से में बाहर निकल आओगे।"

"अब क्या करें, बरजू ?"

"मेरे ख्याल में हर गाँव में खबर पहुँचाना ज़रूरी है। अब बबुआ लोग बोलें !"

बिंदा सिंह बोला, "हाँ...यही। तू घर जा मौसी ! पहुँचा दूँ ?"

"नहीं, कोई मत आओ। कल मैं नाढ़ा जाऊँगी। ननद के घर !"

"तेरी ननद ?"

"अरे, दुखारी की माँ ! दुखारी तो साइकिल पर गाँव-गाँव मरहम-तेल बेचता है। वह कुछ लोगों को खबर दे देगा !"

"और ?"

"और गाँव की औरतें एक-एक गाँव में ननद, बहन, बेटी या रिश्तेदार के घर जाएँ।"

बिंदा लोग समझ रहे थे, परिस्थिति ने तेतरी को कितना चतुर लड़ाकू बना दिया था। उन्हें इसमें भी शक नहीं था कि बरजू ने ठीक ही कहा था।

"अब चले हम।"

"सावधानी से जाना, मौसी।"

"जाओ, तुम लोग वापस जाओ।"

बरजू बोला, "बुरा लग रहा है ?"

अनल क्षीण मुस्कराया, "हाँ...हम लोग सामने नहीं जा रहे। मौसी... औरतें...।"

"अभी ही सामने निकलोगे, तो कुँवर जीत जाएगा। पुलिस खुद ही हमारे पीछे पड़ जाएगी, जुलम करेगी, मार देगी लोगों को। उग्रवादी नाम भी वे ही देते हैं, उग्रपंथी पकड़कर और मारकर पुलिसवाले बहुत तरक्की भी करते हैं। आंदोलन की चेतना फैल रही है, लोग हिम्मत बटोर रहे हैं, अभी शहीद हो जाने से काम आगे बढ़ेगा, या पीछे हटेगा ?"

"सोच रहा हूँ।"

"हम तो नहीं चाहते कि उगते न उगते धान का चारा रौंद दिया जाए। औरतें भी नहीं चाहतीं। तभी तो वे आगे बढ़ती आ रही हैं। यहाँ पहली बार औरतों को लड़ने का मौका मिल रहा है, इसे नष्ट न करो। और..."

"और क्या ?"

"मुझे मालूम है औरत उठाने से कुँवर क्या करेगा।"

"इज़्ज़त लूटेगा।"

"पहले शिकार खेलेगा, वह भी उसके अपने जंगल में...महल में नहीं। चलो सो जाओ।"

तेतरी सुबह कोसिला से बोली, "मैं नाढ़ा जा रही हूँ।"

"धाक के पत्ते कौन तोड़ेगा ? पत्तल कौन बनाएगा ?"

"कुछ दिन घूम आऊँ।"

तेतरी जब नाढ़ा पहुँची, कुँवर के मस्तान शेरदिल सिंह और जगन नाढ़ा से निकल रहे थे। तेतरी को देखकर मोटर साइकिल रुक गई।

"कौन है तू ?"

"तेतरी भुँइन, मालिक परवर !"

"कहाँ से आ रही है ?"

"पास्की से हुजूर !"

"कहाँ जा रही है ?"

"नाढ़ा जाऊँगी हुजूर।"

"किसके पास ?"

"मोंगली भुँइन हुजूर...हमार ननद लागे...मैं आ ही नहीं पाती...थोड़ा आराम करूँगी, दो दिन गपशप करूँगी...।"

"कौन मोंगली ?"

"वही हुजूर, एक पाँव से लंगड़ी...।"

"जा, तेरी ननद दावत सजाकर बैठी होगी।"

दोनों जोर से हँसे और धूल उड़ाते हुए निकल गए। तेतरी आगे बढ़ी।

मोंगली बोली, "आ, बैठ।"

"एक लोटा पानी दे।"

"पहले थोड़ा सुस्ता ले।"

"दुखारी कहाँ है ?"

"वह तो भोर में निकलता है, शाम ढलने पर लौटता है। बाप रे ! अभी तक जो हो रहा था !"

"हाँ, उन्हें रास्ते में देखा।"

"अब क्या होगा ?"

"सब खेत से लौट आएँ, फिर बात होगी।"

"क्या खाएगी, बोल ?"

"सत्तू और अचार लाई हूँ। दोनों मिलकर खा लेंगे। चमारी दुसादिन कहाँ है ?"

"खेत में।"

"शाम को बातें होंगी। सत्तू गूँथकर बुला लेना। अभी थोड़ा सोऊँगी। बहुत थक गई रे ! पहले इतना चलने के बाद भी बाजार जाती थी, मसाला झाड़कर साफ करती थी, आटा खरीदकर लिट्टी सेंकती थी, कैसे करती थी ?"

तेतरी सो गई। तेल-मरहम बेचकर दुखारी को कमियौती से छुटकारा मिल गया था, क्योंकि झुझार के मुनीम का समधी वैद्याचार्य था। उनके बनाए

तेल और मरहम का दुखारी सेल्समैन था। हाट-बाजार में बेच-बेचकर उसने लोकल मार्केट पर कब्जा कर लिया था। दुखारी की बीवी बकरी पालती। उसके घर रोज अंगीठी जलती। इस क्षेत्र के और किसी भुँइया ने इतनी तरक्की नहीं की थी।

साँझ को तेतरी ने दुखारी और चमारी दुसादिन को आनेवाली विपदा की भयंकरता के बारे में समझाया। चमारी बोली, वह कोकारी जाएगी बहन को देखने। और कोकार से कुंती नागेसिया गाइबानी चली जाएगी। दुखारी ने वादा किया, अगले दिन ही वह चैतपुर और माकापुरा पहुँचेगा। छगनी भुँइन को खबर देने की व्यवस्था करने के बाद लौटेगा।

तेतरी ने पूछा, "क्या आज किसी ने इनसे गरम-गरम बातें की ?"

चमारी बोली, "मैं बोली हूँ, औरत की इज्ज़त क्या, कुछ भी लोगे तो हम भी उसकी कीमत लेंगे।"

तेतरी सिर हिलाकर बोली, "झुझार में भी यही कहा गया था। किंतु अब ऐसी रूखी-सूखी बातें कोई न कहे। साँप डँसने के लिए बहाना ढूँढ़ रहा है।"

"और डँस ले तो ?"

"मार डालेंगे, सब कोई शोर मचाएँगे, थाना पर हल्ला करेंगे, क्या हम औरतों की इज्ज़त नहीं है ? इज्ज़त लेगा तो मार खाएगा, मारा जाएगा। पलामौ की औरतों ने बहुत, बह्त सहा है। अब और नहीं सहेंगी।"

"वे मार डालेंगे।"

"दुखारी, उन लोगों ने कब नहीं मारा ? अबसे मारकर मरेंगे।"

"ठीक बात !"

"मैदान जाओ, जंगल जाओ, जवान औरतों को मरद लोग अपने साथ ले आएँ।"

दुखारी गुस्से में बोला, "मेरी बीवी से कहो ! वह तो अँधेरे में पानी लाने चली जाती है। कहती है, कमर में छोटी छुरी खोंसे है !"

दुखारी की बीवी बोली, "जाओ, तुम ही पानी ले आओ।"

"दे घड़ा।"

मोंगली बोली, "मरद लोग पानी लाएँ, तो अच्छा। कुएँ पर से कम

छोकरियों को तो नहीं उठाया।"

"हर जगह से उठाते रहे हैं। मैदान में टट्टी करने जाओ, बाजार जाओ, या घर पर रहो !"

तेतरी बोली, "इश्तहार फाड़ने को कहा ?"

"कहा।"

"किसी के पास हो तो छिपाकर रखे। अभी फाड़ दे तो तुरंत लगाने की ज़रूरत नहीं। बस, मैं लौट जाऊँगी।"

"कल कुँवर यहाँ आएगा।"

"हाँ...वह तो घूम रहा है...।"

कभी शेरदिल, तो कभी भजन, मोतिहार, तिलक, दुर्जन, चंद्रभान, मुलुक, गर्जन, दोयारा, मथुरा आदि को साथ में लेकर कुँवर घूमने लगे थे !

उनकी मोटर साइकिल बार-बार नया खेड़ी के ऊपर से गुजरती। शेरदिल से उन्होंने पूछा, "क्या समझ रहे हो ?"

"फिसलकर निकल जा रहे हैं।"

"क्या मतलब ?"

"जवान लड़की और औरत सब जंगल जाती हैं, धाक का पत्ता तोड़ती हैं, पत्तल बनाती हैं, बेचने जाती हैं।"

कुँवर महुआ और बीड़ी पत्ता को ही वन्य उपज समझते थे। धाक का पत्ता भी वन्य उपज हो सकता है, यह कभी नहीं सोचा था।

"पत्तल बेचने से पैसा मिलता है ?"

"क्यों नहीं मिलेगा हुजूर ? सब कोई पत्तल में खाते हैं। अब बाजार बढ़ा है, लोग बढ़े हैं, लारातु के नुक्कड़ पर ही पंजाबियों की बहुत-सी दुकानें खुली हैं, वे हमेशा खरीदते हैं।"

"जंगल तो सरकार का है !"

"श्रीवास्तव तो पोरमिट दे देकर...।"

"अच्छा ! कपिल श्रीवास्तव ! पोरमिट देता है ! वह बहुत पापी है ! विधवा से शादी की ! लेकिन यह तो बहुत अच्छा काम...औरतों को...पोरमिट

देता है...।''

''पहले तो कोई पोरमिट-उरमिट नहीं जानता था।''

''अब जानते हैं। कब से मालूम हुआ ? महुआ के मामले से ! महुआ का मामला कब से शुरू हुआ ? जब से नया खेड़ी बसा ! नया खेड़ी किसने बसाया ? जिन्होंने खेड़ी-बाँध संघर्ष समिति बनाया था। समिति ने क्या किया ? सरकार के खिलाफ केस किया ! अरे बाप रे ! सुप्रीम कोर्ट तक केस किया ! समझ लो शेरदिल, बिरादरी में कोई आज तक सुप्रीम कोर्ट तक नहीं लड़ा।''

''बटान एस्टेट के रणधीर सिंह जी तो लड़े थे।''

''अरे कंबख्त ! वह तो रणधीर के बेटे ने अपनी औरत को जिंदा जला दिया था, तो केस हुआ था ! लड़की का बाप जज था, यह मत भूलो। लेकिन खेड़ी के लोग ? आदिवासी ! सब भोगता, बिरजिया, खरोयार लोग ? और केस जीत गए ! और कमपेनसेशन का रुपया पा गए ! इस भारत सरकार ने ऊँची जातवालों के मुँह पर जूता मारा। क्योंकि बाँध के लिए आदिवासियों का खेत डूबा, और आदिवासी को रुपया मिला। कौन आदिवासी ? जिनको पढ़ना-लिखना आता है। सतर्क, चालाक तहसीलदार ने कहा था, कोसिला खरोयार बहुत पढ़ी-लिखी औरत है। सुना है, जवान है ...तेज है ! उसी से पोरमिट का मामला शुरू हुआ, और ओ. सी. और श्रीवास्तव मुझे क़ानून दिखाने लगे। जंगल की उपज पर गरीब और आदिवासियों का अधिकार है ! वे हैं जंगल के दावेदार ! समझो ? हम... मालिक लोग...कुछ भी नहीं !''

कुँवर ने एक चुस्की पी, फिर कुर्सी पर पीठ टिका दी।

''सारी बातें उस नया खेड़ी से शुरू हुईं। वही जड़ है। शोषित मुक्ति दल, नारी मुक्ति दल, स—ब ! जला दो नया खेड़ी, उसके साथ ही इश्तहार भी जल जाएगा। किंतु और तो यह खेल चलने नहीं दिया जा सकता। वे बहुत खेल चुके, अब मैं खेलूँगा ! ओ. सी. नहीं, पुलिस सुपर नहीं, डी.आई. जी. नहीं, मैं परमजीत सिंह कुँवर, उग्रपंथियों का नाश करूँगा।''

''कैसे हुजूर ?''

''उनका तो खून गरम है ! वे औरत की बेइज्ज़ती नहीं सहेंगे। निकल

आएँगे। निकलना ही पड़ेगा।"

"कौन ?"

"उग्रपंथी...और एक पेग !"

"कल क्या हम निकलेंगे ?"

"कल की बातें बाद में होंगी। कल क्या करूँगा, यह तो कुनारी बता देगी..."

शेरदिल आतंकित हो उठा।

"कुनारी भुँइन हुजूर ?"

"और कौन ?"

"वह तो..."

"किसने कहा ? है...इसी जंगल में है...वह सपना दिखाती है...कहती है : मेरा खून भूखा है...भूखा...नंगा...चीखती है...मारती है मुझे..."

शेरदिल ने गले के कवच पर हाथ रखा।

हाट के दिन नया खेड़ी की औरतें तेतरी और कोसिला के नेतृत्व में थाना पहुँचीं।

"क्या हुआ ?"

कोसिला ने चुपचाप एक कागज बढ़ा दिया।

"यह दे जा रही हूँ। किसी भी समय नया खेड़ी पर हमला, आगज़नी, औरतों पर अत्याचार हो सकता है, हमें ऐसा डर है।"

"किसने यह डर दिखाया ?"

तेतरी सूखे स्वर में बोली, "अभी परमजीत कुँवर के आदमी हाट में सबको धमकी दे गए कि जो भी हमसे पत्तल खरीदेगा, उसका हाथ काट लेंगे। और बोल गए, नया खेड़ीवाले जंगल बरबाद कर रहे हैं। इसके बाद उनका घर जलेगा, मरद जख्मी होंगे, औरतों को भी नहीं छोड़ेंगे।"

अपने सूखे होंठ चाटकर ओ. सी. बोले, "जब धमकी दी, तब हाट में पुलिस तो थी।"

"पुलिस दूर खड़ी थी।"

कोसिला बोली, ''मौसी, ये लोग तो बंदूकें भी लिए थे। जो हो, कुछ होने पर थाना हमें प्रोटेक्शन देगी ?''

''प्रोटेक्शन ! आप अंग्रेजी भी जानती हैं ?''

ओ. सी. का मन कह रहा था, उग्रपंथी ! उग्रपंथी !

''थोड़ी बहुत ! पिता तो मास्टर थे। जो हो, हमने सूचना दे दी। और, आप एक्शन लें, न लें, हम अपनी रोजी छीनने नहीं देंगे। हम कानून नहीं तोड़ रहे। महुआ के मामले में भी आप लोगों को बुलाए थे।''

''हाँ...ज़रूर प्रोटेक्शन मिलेगा। तब भी तो गया था। न जाने क्यों वह ऐसा करता है !''

तेतरी ने सहानुभूति जताई, ''तुम भी बदनसीब हो बाबू ! कुँवर से विवाद करना...लेकिन तुम ही पुलिस के पहले आदमी हो, जिसने गरीबों को न्याय दिया।''

वे लौट गईं। ओ. सी. माथा थामे बैठे रहे। नौकरी छोड़ दे ? शेर के मुँह में सिर डालकर नौकरी करना मुश्किल था। गरीब के आशीर्वाद से धन्य सिर को बहुत ख़तरा था।

ऐसे में कपिल श्रीवास्तव आए। बोले, ''औरतें आई थीं ?''

''हाँ।''

''मैं-आप एक ही नाव में डूब रहे हैं।''

''आप भी ?''

''हाँ। अक्षरशः सरकारी नियम का पालन करता रहा न। इसीलिए जान लेने की धमकी दी है।''

''किसने ?''

''शेरदिल सिंह। बोल गया, जंगल के धाक पत्ते की परमिट देना बंद करो। नहीं तो अनहोनी घट जाएगी, याद रहे। मैं बोला, क़ानून जो कहता है, वही तो करता हूँ। उसने कहा, क़ानून प्यारा है या जान प्यारी है, इसे आप ही सोच लें।''

''आप क्या...डायरी करेंगे ?''

''नहीं। आपको मुसीबत में डालकर क्या होगा ? बीवी को टाउन ले जा रहा हूँ।''

"अभी ?"

"तुरंत। लास्ट बस से।"

"कहाँ ?"

"अस्पताल का डायटिशियन मेरा मित्र है। उसके क्वार्टर में छोड़ आऊँगा। कल लौटूँगा।"

"वही करें।"

"डी.एम.डी. फारेस्ट से भी मिल आऊँगा।"

"अभी बिना लौटे नहीं चलेगा ?"

"मुझे लौटना ही पड़ेगा। बेचारी सरस्वती ! डर रही है कि दुबारा विधवा हो जाएगी।"

"मेरे क्वार्टर में रहिएगा ?"

"नहीं...बहुत शुक्रिया ! सुनिए, आपकी बीवी है, उसे बच्चा होनेवाला है...जस्ट छोड़कर चले जाइए, या छुट्टी लीजिए।"

"आप घबरा गए !"

"बीस साल पहले मैं यहाँ था, इसी पोस्ट पर। कुँवर अछूत-आदिवासी औरत उठा लाता, भोग करता, पालतू शेर को खिलाता। कुँवर के कारण हर ईमानदार अफसर को यहाँ पनिशमेंट पोस्टिंग पर भेजा जाता है।"

"मत कहें...मत कहें...मुझे उल्टी आ रही है...ओह !"

ओ. सी. रो पड़े। बोले, "औरतों को...उफ़...इतना पिशाच !"

"नाउ...नाउ...डोंट बी अपसेट। क्यों न करे ? क्या परेशानी हुई उसे ? उसे सरकार ने कोई भी दंड दिया ? उसकी सामाजिक मर्यादा कुछ भी कम हुई ? सरकार तो उन्हीं लोगों के लिए है, है कि नहीं बोलिए ?"

"जाइए...सावधान रहिएगा। उफ़ ! इन्हें कोई सज़ा नहीं होती ?"

"उम्मीद रखिए, सज़ा होगी। नेवर लूज हार्ट। चलूँ।"

"मैं रात में आपके घर पर एक सिपाही भेज दूँ ?"

"नहीं, शेरदिल को मैंने बीस साल पहले पूरे फार्म में देखा है। आपके ...सिपाहियों के भी तो परिवार हैं। और फारेस्ट आफिस में फारेस्ट गार्ड तो हैं। चलूँ, नहीं तो बस नहीं मिलेगी।"

कपिल निकल गए। ओ. सी. बाहर निकलकर खड़े हुए। नहीं, और

नहीं। इस खुले आकाश के नीचे, कालपुरुष-वृश्चिक और सप्तर्षि के नीचे खड़े होकर यह स्वीकार कर लेना ही उचित होगा कि पलामौ में, जहाँ कुँवर के जूते का तल्ला बनने से ही कोई 'पुलिस' की हैसियत से टिक सकता है और जेब भी भारी कर सकता है, वहाँ उसके जैसा व्यक्ति बार-बार निकम्मा साबित होता रहेगा। इससे तो यह अच्छा कि पहले छुट्टी ले ले, उसके बाद निर्भीक होकर कोई और काम तलाशे, और कहीं भी आश्वासन मिले तो नौकरी छोड़ दे। वह ऐसा पुलिस नहीं था जो वास्तव में तथा हिंदी फ़िल्मों की तरह सिर्फ़ समाज-विरोधी, धनी जमींदार, सेठ आदि का नौकर बना रहे और गरीबों को सताए। वह ऐसा पुलिस भी नहीं था जो सिनेमा में 'वर्दी के सम्मान में' अपने जान की बाजी लगाकर अकेला ही एटम बम के तेज में फटकर पाप का नाश कर धर्म की प्रतिष्ठा करता है। नहीं, वह ऐसा कुछ नहीं था, उसकी क्षमता अत्यंत सीमित थी। साहस भी कम था। ओ. सी. मन ही मन कहता रहा, कुँवर दूसरे किसी जगत का प्राणी है, उसकी बर्बरता के साथ जूझने में मैं अक्षम हूँ।

धीरे-धीरे उनका मन शांत हुआ। हेड सिपाही, दूसरे सिपाही, लालबदन लौट रहे थे। ओ. सी. मेज पर बैठे।

"आज हाट में क्या हुआ था ?"

"आपको तो मालूम है।"

"आप लोग क्या कर रहे थे ?"

"शेर दिल बंदूक नचा रहा था। पत्तल की टोकरियाँ फेंक दी, एक मिनट में सर्वनाश कर निकल गया।"

"औरतों से बात हुई थी ?"

"कोसिला खरोयार ने उसे माँ-बाप की गाली दी हुजूर। ठीक नहीं किया। शेरदिल..." हेड सिपाही ने आंतरिक आवेग के साथ कहा, "अब तो कोसिला को वह शिकार बनाएगा, है न !"

ओ. सी. बोले, "एक भी गड़बड़ी हो तो मुझे रिपोर्ट मिलनी चाहिए। यह आर्डर है।"

"जी हुजूर।"

उस रात कुछ नहीं हुआ। चारों ओर अजीब खामोशी छाई रही। फारेस्ट

दफ्तर में भी सन्नाटा था।

कोसिला लोग बोलीं, ''पत्तल तो हम लोग बेचेंगे, ज़रूर बेचेंगे।''

बरजू बोला, ''नहीं।''

''क्यों ?''

''कुँवर के जंगल के बगल से नहीं। सीधे जा, बाजार पहुँच, जाते समय सबको खेतों में बताती जा। लौटेगी एक साथ, वह भी बस से। बस से फारेस् आपिस के पास उतर जाएगी, हम लोग आसपास रहेंगे।''

''हम अकेली लौट सकेंगी।''

''नहीं। तू अकेली नहीं, फूलमति, पुतला, हजारी, आठ-दस लड़कियाँ हैं, तेतरी है। दोपहर बारह बजे निकल जाएगी। शाम से पहले लौट आएगी।''

''तुम...तुम लोग वहाँ...तो गाँव में पहरा कौन देगा ?''

पन्ना खरोयार बोला, ''तू इसकी फ़िक्र मत कर। अपना-अपना काम करो। धाक के पत्ते का पत्तल बेचना जंगल का अधिकार है, यही तुम लोग साबित करने जा रही हो। कहीं भूल चूक हुई तो किसी भी लड़की की इज्ज़त जा सकती है।''

फूलमति बहुत कम बोलती थी। वह बोली, ''हम लोग खाली हाथ नहीं जाएँगे। पतला लेकिन बहुत पैना हँसिया है, पर बहुत छोटा है।''

कोसिला बोली, ''चिंता मत करो। जागृति के लिए जोखिम तो उठाना ही पड़ेगा। मौसी क्या जाएगी ?''

''नहीं ! घर बैठी आराम करेगी। चल, चल, जल्दी कर ! झुझार में उन्हें बताना भी ज़रूरी है, अब नया खेड़ी पर नजर है।''

औरतों की टोली निकल गई। बरजू छोटी कुल्हाड़ी लिए तेतरी के घर में बैठा रहा। इतने अर्से बाद कुनारी भुँइन लौट रही थी। उसकी भी तो कितनी भूख नहीं मिटी। विशाल के साथ गृहस्थी निभाने की भूख, बच्चा पालने की भूख, और बच्चा पाने की भूख, बहुत-सी भूख वह नहीं मिटा पाई थी। बरजू का घर देखकर वह बोली थी, 'जब रहने के लिए आऊँगी, दीवार पर चित्र बना दूँगी।''

बरजू खुद भी तो किसी भूख के तगादे में यहाँ खिंचा चला आया था। भूख भी इतनी तरह की होती है !

अब अगर कोई भी हादसा हो जाए, तो बिंदा सिंह लोगों को बाहर निकलकर ही लड़ना पड़ेगा।

बरजू को रह-रहकर कुँवर का जंगल याद आ रहा था। जंगल की एक खास जगह पर कुँवर औरतों को ले जाता था। शिकारखाना के निकट के चबूतरे पर। बरजू के अलावा वह रास्ता कौन जानेगा ? कुँवर ! कुँवर ! इतने अर्से बाद !

झुझार के खेतों में काम करते लोगों को तेतरी बताती हुई जा रही थी। कोसिला बिरजिया बोली, "चल, मैं भी चलूँ। बाजार के खरीददारों की पहचान करा दूँगी।"

तेतरी बोली, "हरनाम सिंह से पूछूँगी, कोई पत्तल खरीदेगा या नहीं। पहले महुआ की लड़ाई, अब पत्तल की लड़ाई, आगे बीड़ी की लड़ाई भी तो छिड़ेगी।"

"ज़रूर। और सब लड़ाई जारी भी रहेगी, मौसी, कुँवर लोग क्या आसानी से छोड़ देंगे ?"

"सब जारी रहेगा। इन लोगों ने और कोई जुलुम तो नहीं किया ?"

"फसल पकने को है। अभी नया जुलुम नहीं करेगा। आदमी कहाँ पाएँगे ? लेकिन आगे जुलुम तो अवश्य करेंगे।"

झुझार बाजार काफी घना बसा था। बस रोड पर। दूर दराज के बस यात्री यहाँ उतरकर दिन का तथा रात का भोजन करते। धाक के पत्ते का पत्तल और दोना ही अधिकतर लोग पसंद करते थे।

ये लोग घूम-घूमकर पत्तल बेचने लगे। 'सात रुपया हजार' कहने के बाद ही दुकानदार ने कोसिला बिरजिया को देखा, फिर बोला, "नहीं नहीं, नौ रुपए। औरों को भी दिया हूँ। और दोना आठ रुपया हजार।"

कोसिला खरोयार बोली, "कीमत बढ़ानी पड़ेगी। पंद्रह-बीस रुपए भी अगर न ले जा सके, तो मेहनत का मोल नहीं मिलेगा।"

उन्होंने अपना-अपना रुपया साड़ी की खूँट में बाँधकर पेट में खोंस लिया। कोसिला खरोयार सोच रही थी, कुँवर के ख़िलाफ़ इज्ज़त बचाने की

लड़ाई लड़नी पड़ेगी, इस बात को पहले ही सोच लेना था। बरजू बहुत अनुभवी है, जमीन से जुड़े लोग इन अनुभवों से गुजरते हुए इसी तरह संघर्षशील बनते रहें तो अच्छा। अब अनेक बरजू, अनेक तेतरी और अनेक कोसिला बिरजिया की ज़रूरत थी।

दुकान में बैठकर सबने चाय-पकौड़ी ली, पानी पिया। उसके बाद सड़क के किनारे बैठ गए।

"बस कब आएगी मौसी ?"

"पाँच बजे के बाद। वही बस छह बजे के बाद लारातु से छूटती है।"

पाँच बजने को थे। वे रास्ते की ओर देख रही थीं। बहुत व्यस्त सड़क थी। ट्रक, मैटाडोर, साइकिल, स्कूटर। अचानक जोर से ब्रेक दबाकर एक गाड़ी उनके सामने रुकी। उनके चेहरे पर धूल का भभका लगा। कोसिला बिदककर खड़ी हो गई। "दिखता नहीं ? दबा दोगे क्या ? क्या समझा..."

उसकी बात पूरी भी नहीं हो पाई थी कि गाड़ी के पीछे के दरवाजे से शेरदिल फुर्ती से उतरा और कोसिला को गोद में उठाकर गाड़ी के फर्श पर फेंका और दरवाजा बंद कर लिया। पलक झपकते यह सब हो गया और गाड़ी तेजी से निकल भागी।

भरे बाजार में इतने लोगों के सामने ऐसी घटना अब तक पलामौ के इतिहास में नहीं घटी थी।

"अरे कुँवर के आदमी लड़की उठाकर भाग गए...अरे कुँवर के आदमी...कोई कुछ करो !"

उनकी चीख-पुकार से दुकानों से भी लोग निकल आए, पूछने लगे, "क्या हुआ ?"

तेतरी उसी तरह चीखती रही, चीखती रही, "इतने मरदों के सामने से एक लड़की उठा ले गए...हाय हाय !...उठा ले गए..."

"हाय कोसिला...अब क्या होगा ?"

"लारातु थाना चली जाओ बुढ़िया..."

कोसिला बिरजिया ने तेतरी को खींचा और झुझार की ओर दौड़ पड़ी। तेतरी बोली, हम लोग नया खेड़ी जा रहे हैं। तू जा कोसिला ! झुझारवालों को बता !"

"अब तो जला देंगे कचहरी !"

"हम लोग जा रहे हैं...पुतला, फूलमति ! हमारे पीछे आ। दूसरे रास्ते से जाएँगे ! अब तो कोई न रोके हमको...हाय कोसिला ! ये क्या हो गया ?"

पुतला बोली, "अब न चिल्ला मौसी ! दम टूट जाएगा !"

तेतरी ने मुँह बंद कर लिया और दौड़ती रही, दौड़ती रही।

बस आई थी, पर वे लोग नहीं आए। बरजू लोग तेतरी के घर के सामने जाकर खड़े थे।

तेतरी लोग उनके सामने तीर बिंधे बाज की तरह पछाड़ खाकर गिर पड़ीं और एक साँस में तेतरी बोल गई, "झुझार बाजार से शेरदिल ने कोसिला को उठा लिया, और मोटर में लेकर भाग गया।"

बरजू बहुत जोर से गरज उठा, "किस समय ?"

"पाँच बजे !"

बरजू ने कुल्हाड़ी उठाई, माचिस और किरासिन का बोतल उठाया।

"चलो ! हम चले तेतरी, तू जाकर थाना में रिपोर्ट कर !"

"बरजू !"

"बरजू जानता है अब कुँवर क्या करेगा। और कोई नहीं जानता। चलो बबुआ लोग।"

सरकारी जंगल से घूमकर, पहाड़ से फिसलता हुआ बरजू पत्थर की तरह ही लुढ़कता हुआ नीचे उतरा। उसका चेहरा पत्थर की तरह ही पथरा गया था, भौंहें और आँखें सिकुड़ गई थीं। उसने दबी आवाज़ में कहा, "बहुत होशियारी से ! यह जगह बहुत ही ख़तरनाक है। हम कुँवर के जंगल में घुस रहे हैं। मेरे पीछे आओ।"

"रास्ता किधर है ?"

"सब है। यह तो एक टुकड़ा भर है। जंगल बहुत है, बहुत बड़ा। डर नहीं कुनारी, मैं आ रहा हूँ।"

ऊँचे-ऊँचे साल के पेड़ अपने अभिजात्य के गर्व से सिर ऊँचा किए खड़े थे। बरजू बोला, "साल के बाद इमली, उसके बाद केंदु, फिर कुसुम,

फिर धाक, एक के बाद एक जंगल। यहाँ सिर्फ़ साल है। कीमती पेड़, घर के पास। इधर से...इधर से...।"

बरजू रुक गया। बोला, "कुँवर मेरा शिकार है।"

"लेकिन क्यों ?"

"कुनारी के लिए।"

"शेरदिल लोग ?"

"वे सामने नहीं रहेंगे। आह, वो रहा शिकारखाना...उस कमरे में मैं रहता था। रुक जाओ !"

उसने आहट ली।

"सुन रहे हो ?"

"क्या ?"

"कुँवर शिकार खेल रहा है। लड़कियों को पहले दौड़ाता है, दौड़-दौड़ कर जब वे निढाल हो जाती हैं, तब दबोचता है।"

पत्तों में, जमे हुए पत्तों में पाँवों की खड़खड़ाहट थी। एक के नंगे पाँव पत्तों पर दौड़ रहे थे, दूसरे के नागरा जूते पत्तों को रौंद रहे थे।

"वही है चबूतरा !"

बरजू भीषण गर्जन से चीखकर बोला, "को-सि-ला ! डर नहीं कोसिला।"

सूखे पत्तों पर मिट्टी तेल छिड़ककर उसने दियासलाई की तीली जला दी।

पत्ते धधककर जल उठे।

कोसिला के तन पर साड़ी नहीं थी, कुरती नहीं थी। पेटीकोट पहने वह दोनों हाथों को अपने वक्ष पर आड़े टिकाए बेतहाशा भाग रही थी।

धधकती आग और धुएँ के बीच कोसिला को जकड़कर बरजू ने पीछे की ओर धकेल दिया।

उसके बाद कुल्हाड़ी सिर के ऊपर उठाकर बरजू उन्माद आनंद में गगनभेदी चीत्कार कर उठा, "कुँव-व-व-र !"

वह आगे बढ़ गया।

आग की रोशनी में परमजीत सिंह कुँवर ठगे से स्थिर खड़े थे।

“ब-र-जू !” कुँवर चीख पड़े।

बिना कुछ कहे तेजी से दौड़कर कुल्हाड़ी का वार किया बरजू भुँइया ने।

“यह कुनारी के लिए ! यह उसके बच्चे के लिए ! यह विशाल के लिए ! यह खेड़ा गाँव के लिए !”

विशाल किसी सचल पहाड़ की तरह दिख रहा था। पहाड़ काँप रहा था, पहाड़ विस्फोट कर रहा था।

“चले आओ, आ जाओ बरजू !”

वह विक्षिप्तों की भाँति चीख रहा था, “भाग जा, कुनारी को लेकर भाग जा विशाल ! भाग जा !”

“आ जाओ।”

“भाग जा !”

कुँवरमहल की ओर से लोगों के दौड़े आने की आहट सुनाई दी।

कुछ लोग अँधेरे में एक मूर्छित औरत को कंधे पर लादकर भागे।

बरजू ने कुल्हाड़ी उठा ली। उसके बाद वह भी अँधेरे में ओझल हो गया।

सूखे पत्ते झर-झरकर बहुत समय से इंतजार कर रहे थे। आग फैलती गई, फैलती गई।

अँधेरे में बरजू शिकारी चीते की तरह भागता जा रहा था। और शेरदिल वगैरह स्तब्ध खड़े थे।

कुँवर को घेरे एक अग्नि-वलय प्रचंड भूख से उनकी ओर बढ़ता जा रहा था।

●●●